LES VOYAGES DE

Philibert Tanguay

1. L'ère glaciaire dans la glacière

Sylvie Desrosiers

Illustrations de Rémy Simard

D1264027

la courte échelle

Les éditions de la courte échelle inc.
5243, boul. Saint-Laurent
Montréal (Québec) H2T 1S4
www.courteechelle.com

Dépôt légal, 3e trimestre 2010
Bibliothèque nationale du Québec

La courte échelle reconnaît l'aide financière du gouvernement du Canada
par l'entremise du Fonds du livre du Canada pour ses activités d'édition.
La courte échelle est aussi inscrite au programme de subvention globale du
Conseil des Arts du Canada et reçoit l'appui du gouvernement du Québec
par l'intermédiaire de la SODEC.

La courte échelle bénéficie également du Programme de crédit d'impôt
pour l'édition de livres - Gestion SODEC - du gouvernement du Québec.

*Un gros merci à la Société de développement des Arts et de la Culture de la
Ville de Longueuil (SODAC), qui a soutenu financièrement la création de ce
projet complètement loufoque!*

Catalogage avant publication de Bibliothèque et Archives nationales du
Québec et Bibliothèque et Archives Canada

Desrosiers, Sylvie

    Les voyages de Philibert Tanguay

    Sommaire : t. 1. L'ère glaciaire dans la glacière
    Pour enfants de 8 ans et plus.

    ISBN 978-2-89651-298-0 (v. 1)

Simard, Rémy. II. Titre. III. Titre : L'ère glaciaire dans la glacière.

PS8557.E874V692 2010   jC843'.54 C2010-941045-9
PS9557.E874V692 2010

Imprimé au Canada sur les presses de l'imprimerie Gauvin

Sylvie Desrosiers

Malgré son apparence réfléchie, Sylvie Desrosiers aime rire et faire rire. Pour écrire, elle cherche dans ses souvenirs, fouille dans ses carnets. Elle peut se réveiller la nuit si une bonne idée apparaît ! C'est elle qui a créé le chien Notdog. Elle écrit aussi des romans destinés aux adolescents, aux adultes, et des textes pour la télévision. Même lorsqu'elle travaille beaucoup, Sylvie éteint toujours son ordinateur quand son fils rentre de l'école.

Rémy Simard

Nul en français et en mathématiques, Rémy Simard décide de faire de petits dessins. Puis des plus grands. Ses dessins se retrouvent dans un livre ou deux, puis trois, quatre... jusqu'à plus de quarante. Rémy ne sait plus combien au juste, car il n'aime pas compter. Il raconte des histoires qui se déploient sous la forme d'albums, de romans jeunesse et de bandes dessinées.

De la même auteure, à la courte échelle :

Collection Premier Roman
Série Thomas :
Au revoir, Camille !
Le concert de Thomas
Ma mère est une extraterrestre
Je suis Thomas
L'audition de Thomas

Collection Roman Jeunesse
Série Notdog :
La patte dans le sac
Qui a peur des fantômes ?
Le mystère du lac Carré
Où sont passés les dinosaures ?
Méfiez-vous des monstres marins
Mais qui va trouver le trésor ?
Faut-il croire à la magie ?
Les princes ne sont pas tous charmants
Qui veut entrer dans la légende ?
La jeune fille venue du froid
Qui a déjà touché à un vrai tigre ?
Peut-on dessiner un souvenir ?
Les extraterrestres sont-ils des voleurs ?
Quelqu'un a-t-il vu Notdog ?
Qui veut entrer dans la peau d'un chien ?
Aimez-vous la musique ?
L'héritage de la pirate
La tombe du chaman

Hors-Collection Roman Jeunesse
Série Notdog :
Notdog, volume 1
Notdog, volume 2
Notdog, volume 3

Roman Hors-Collection
Série Les voyages de Philibert Tanguay :
L'ère glaciaire dans la glacière, tome 1
Un Djinn avec ça ?, tome 2

Collection Ado
Le long silence
Les trois lieues

Série Paulette :
Quatre jours de liberté
Les cahiers d'Élisabeth

LES VOYAGES DE

Philibert Tanguay

1. L'ère glaciaire dans la glacière

la courte échelle

À Thomas et à André

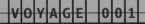

L'ère glaciaire
dans la glacière

CHAPITRE 1
Le pouvoir du popsicle
au raisin

—Olivier, on est où exactement? Le sais-tu?

—En Alaska? À moins que ce soit la Sibérie? L'Antarctique? Hum. Je ne sais vraiment pas, Phil.

J'aurais évidemment aimé une autre réponse d'Olivier, car c'est lui qui nous a transportés ici.

Ici, c'est la banquise. Rien de remarquable en apparence. Mais il ne fait pas froid. En soi, c'est une bonne nouvelle, car je n'ai sur moi qu'un jean et un coton ouaté troué. Je sens tout de même une petite inquiétude me chatouiller l'estomac. Restons calme.

Ouais. Ce n'est pas très clair, mon histoire, n'est-ce pas? Commençons par le commencement.

Je me présente: Philibert Tanguay, treize ans, un mètre soixante-trois, yeux bruns, cheveux bruns, bref, rien de particulier qui me distingue, à part une légère graisse de bébé et un futur «tatou» sur le poignet. (Futur car, pour l'instant, ma mère refuse que j'en aie un et, avant seize ans, j'ai absolument besoin de sa permission.)

Je suis en compagnie de mon frère Olivier, quinze ans, un mètre quatre-vingts, yeux bleus, cheveux blonds frisés, légère acné au front, qu'il dissimule sous un long toupet. Olivier est plus précisément mon demi-frère et porte le nom de famille de son père, Bédard. Il a une sœur de trente-cinq ans, Julie, née d'un mariage précédent de son père. Julie a une fille du même âge qu'Olivier, Jeanne. Ce qui fait que moi, Philibert, je suis plus jeune que la nièce de mon frère.

Le père d'Olivier est mort deux ans après avoir pris sa retraite et ma mère a rencontré mon père, à moi, quand Olivier était bébé. Ils m'ont conçu rapidement, car ma mère arrivait bientôt à l'âge d'être incapable de procréer. Elle aura l'âge de sa retraite, à elle, dans deux ans. Mais elle n'a pas l'intention de la prendre, même si mon père à moi, Bernard Tanguay, qui a déjà cessé de travailler, lui, aimerait bien qu'elle s'y décide. Olivier et moi, on espère qu'elle restera au travail encore quelques années, car on ne veut pas avoir deux parents à la maison. Ça deviendrait invivable. Déjà qu'on a papa dans les jambes... On lui a offert un chien, à Noël, pour qu'il sorte marcher un peu et nous laisse la paix. Ce chien, on lui a vite trouvé le nom correspondant le mieux à sa personnalité : Velcro. Il est toujours collé à nous !

Voilà pour le portrait de famille. Ce n'est pas évident à démêler, je sais, mais ça n'a pas d'importance. Olivier est mon frère, c'est tout. Et Jeanne a beau être ma demi-nièce, elle reste une fille comme les autres. Enfin, pas tout à fait : elle joue au basketball dans l'équipe de son école et elle est très bonne. Presque autant que moi.

Olivier n'est pas sportif : il dort ou il lit. Moi, je ne fais ni l'un ni l'autre. Mon frère, donc, vit dans sa tête, imagine des choses. Il rêve d'exploits, de guerre de Troie et de pharaons. Il rêve même en marchant et s'emmêle dans ses pas. L'autre jour, au dépanneur, il a manqué une marche en pensant qu'il entrait dans une pyramide pour aller chercher un trésor, alors qu'on lui avait seulement demandé d'aller chercher du lait. Est-ce à cause de la méga bosse au front qu'il s'est faite en tombant? Le fait est qu'il est revenu avec, outre le lait, une fixation sur l'espace et le temps.

Il a passé des siècles sur des milliers de sites scientifiques qui traitent de ces sujets très sérieux et il est tombé sur une page qui affichait une recette de potion pour voyager dans le Temps et l'Absurde. Il l'a lue, il a éclaté de rire et il est passé outre en se disant que ce n'était pas sérieux. Sauf que ça le chicotait. Pour en savoir plus, il a voulu revenir en arrière, mais impossible de retrouver le site en question. Il a écrit la recette de mémoire, pas trop certain de son exactitude.

Puis, tout à l'heure, il m'a lancé tout bonnement:

— Philibert, je m'en vais à la chasse aux mammouths dans le monde de l'Absurde!

Habitué à ses excentricités, j'ai répondu:

— Ah oui? Ah bon. Amuse-toi bien. Bonne lecture.

Il ricane:

— Ça te tente de venir avec moi?

Moi:

— Quand bien même je voudrais entrer dans ta tête, je ne pourrais pas.

— Non, je veux dire pour de vrai! Cette glacière à mes pieds contient ce qu'il faut pour nous emmener. (Il l'a ouverte et en a sorti une tasse.) C'est avec ça qu'on va partir.

Je ne voyais vraiment pas comment une tasse Winnie l'Ourson pouvait accomplir un tel prodige. Et comment Olivier pouvait entrer dans ce genre de jeu pour bébés.

— Dans cette potion, Phil, il y a des ingrédients secrets que j'ai trouvés sur un site qui a disparu de la toile planétaire !

Bon, le délire commence. Mon frère est complètement sauté quand il est fatigué.

— Et qu'est-ce qu'il y a là-dedans de si miraculeux ? lui ai-je demandé, parce qu'il espère toujours que je m'intéresse à ses histoires farfelues.

— Rien que des bonnes choses — enfin, pour ce dont j'ai pu me souvenir, à part une poignée de poils de Velcro.

— Ça fait six mois qu'il n'a pas pris de bain, je te signale. Tu vas t'empoisonner, certain.

Olivier, il faut toujours que je le surveille, car le mot « prudence » ne fait pas partie de son vocabulaire.

— Phil, je tente le coup. Tu ne viens pas, t'es sûr ?

— Le plus loin que tu iras, c'est aux toilettes... pour vomir !

J'ai ramassé le jeu de cartes « Batman » qui traînait sur la commode et j'ai commencé à le brasser juste pour faire quelque chose, avoir l'air de clore le sujet qui en fait n'était pas clos du tout, j'allais m'en rendre compte assez vite. Olivier m'a alors adressé ce sourire qu'ont les gens qui savent un secret que vous ignorez, vous. Il a bu, enfin, il a plutôt croqué une espèce de glace mauve. Quand il a commencé à disparaître, je me suis précipité : pas parce que j'étais estomaqué, pas parce que j'avais envie de le suivre, mais parce que sans moi, il allait certainement à la catastrophe. Je n'ai pas eu le temps de penser que j'y allais tout autant : j'ai pris une lampée de l'infect popsicle à moitié fondu qui goûtait en même temps la boue et quelque chose comme le raisin. Puis je me suis dématérialisé en n'ayant qu'un seul réflexe : mettre le jeu de cartes dans ma poche. Niaiseux de même.

Nous voici donc tous les deux sur la banquise.

— OK, Olivier. Tu vas m'expliquer. Tu as mis quoi exactement dans cette recette ?

— C'est mon secret ! Je ne vais pas te le révéler.

— Ça, c'est laid.

— Bon, d'accord, je te dévoile un ingrédient de base : du sucre en poudre.

— Alors on est assis sur du glaçage et on est la déco du gâteau, c'est ça ?

— Nono.

— Ensuite ? On peut avoir d'autres détails ?

— La recette dit qu'il faut toujours ajouter aux ingrédients de base deux éléments surprises, au choix. C'est ce qui nous emmène de facto dans un monde réel, mais absurde.

— Hein ?

— Oui, absurde. C'est ici que ça devient intéressant : on voyage dans le temps et l'espace, mais ce qui nous attend dans le monde choisi est insensé, anormal, imprévu.

— Tu lis vraiment trop ! Et quel monde as-tu choisi ?

— L'ère glaciaire. C'est la raison du popsicle au raisin. Je l'ai fabriqué et je l'ai transféré dans la glacière dès qu'il a été gelé pour le cacher dans notre chambre. Je ne voulais pas que maman ou Bernard tombent dessus, tu comprends.

— Mais pourquoi le raisin ?

— Pour donner du goût.

— Le poil de Velcro ?

— Il ressemble à un petit mammouth.

— Tu es un peu insultant pour lui, mais tu n'as pas tort. Avec des défenses... L'effet de ta mixture dure combien de temps ? Pas trop, j'espère : j'ai un match de basket ce soir.

— C'est ce que je voulais savoir en retrouvant la recette... que je n'ai pas retrouvée.

— Donc, tu ne sais pas.

— Non. C'est le fun, hein ?

— Non, je ne trouve vraiment pas. Et puis je commence à avoir froid.

— Ah ! Ça signifie que nos molécules sont toutes arrivées. Enfin je pense, dit Olivier.

C'est alors que j'aperçois de loin une forme du même brun que Velcro, mais qui grossit, grossit, grossit. Une trompe. Deux belles défenses qui n'ont pas l'air absurdes, mais bien réelles. Il fonce en plein sur nous !

— MAMMOUTH ! MAMAN !

Nous prenons nos jambes à notre cou — expression totalement ridicule, quand on y pense, parce qu'on n'avancerait pas vite ! Devant nous, il n'y a qu'une plaine toute blanche. Olivier, plus grand que moi, me devance. Le mammouth, pas mal plus gros que je l'imaginais, immense, géant, obèse, me rattrape. Et...

— AAAAAAAAAAAAH !

Je suis tombé dans un trou. Le mammouth passe tout droit.

Ouf ! Je suis sauvé.

Voyons voir... Hum. Un grand trou de neige. Parfaitement carré. Donc, creusé à dessein. Ce qui signifie que je suis dans... oh non ! Je suis dans un piège.

—Olivier! Olivier!!!

Où est-il quand on a besoin de lui?

Nulle part. Évidemment.

CHAPITRE 2

Patience dans la froidure

Philibert n'est pas du genre à paniquer. C'est un garçon plutôt calme et remarquable par son sang-froid. Quand même, il faut dire que la situation n'est pas habituelle. Après tout, jamais il ne s'est retrouvé dans un piège à mammouth. Ou dans un piège, tout court.

Il en a souvent rêvé, par contre, lors des nuits de grippe et de fièvre. Il s'est vu capturé par des cannibales prêts à le plonger dans un bouillon de serpents brûlant et sauvé in extremis par une invasion de guêpes faisant déguerpir ses tortionnaires. Il s'est retrouvé coincé dans une grotte à l'entrée bloquée par un éboulis. Au moment où l'air se raréfiait, il a découvert un passage caché au-delà d'un corridor sombre aux murs couverts de chauves-souris géantes, qu'il a affrontées avec courage malgré son dégoût. Il a coulé avec un sous-marin, désespérant de s'en sortir, gisant sur le plancher de l'Atlantique Nord, jusqu'à ce qu'une baleine bleue remonte le submersible à la surface.

Mais aujourd'hui, il ne s'agit pas d'un cauchemar. Ça se passe pour de vrai.

Le piège est profond. Impossible de grimper pour un mammouth qui y serait tombé. Mais pour lui? S'il se creusait des marches dans la neige? Bonne idée, Philibert. Mais les murs ne sont pas à angle droit: ils penchent vers l'intérieur. Pas moyen de s'accrocher, de s'agripper.

«Avec de la chance, la potion n'aura bientôt plus d'effet et je me retrouverai chez moi. Il n'y a qu'à attendre», pense-t-il.

Mais combien de temps?

Et s'il ne revenait jamais? Si la recette d'Olivier ne permettait qu'un aller simple?

Un frisson parcourt Philibert. Oups, on dirait qu'il commence à faire vraiment froid. Et s'il mourait gelé avant d'être découvert? Ce serait peut-être mieux ainsi, car qui sait qui le trouverait? Des amateurs de torture? Il se rassure en se disant qu'il est dans un piège à gros gibier, pas dans un piège à homme.

Philibert marche pour se réchauffer: il faut faire circuler le sang dans ses veines pour garder son corps à une température satisfaisante. Il tourne en rond dans sa prison, cherche un interstice, une couleur qui apparaîtrait soudainement dans le blanc et qui lui indiquerait la présence d'un objet, on ne sait jamais, un crochet d'alpiniste, tiens, qui l'aiderait à grimper. Tant qu'à rêver, aussi bien que ça en vaille la peine!

Il n'ose pas trop toucher la paroi, de peur d'engourdir ses doigts. Il plisse les yeux pour affûter son regard et ainsi apercevoir la moindre fente, la plus subtile lueur. C'est ainsi qu'il repère... une feuille. Une simple feuille d'arbre. Philibert essaye d'imaginer le voyage qu'elle a pu faire jusqu'à ce bout du monde glacé. Elle a certainement été emportée par le vent, mais quelle distance a-t-elle parcourue? À moins qu'elle ne soit un vestige d'un temps très ancien et que, avant de devenir ce désert de neige, cet endroit ait été une forêt? Une jungle humide et chaude?

Philibert occupe ainsi son esprit pour ne pas céder à la panique. C'est alors qu'une voix venant d'en haut le fait sursauter. Et ce n'est pas celle d'Olivier. D'ailleurs, est-ce bien une voix? Plutôt un grognement...

Lentement, prudemment, comme si le ciel allait lui tomber sur la tête, il lève les yeux. Le mammouth mâchouille une sorte de pâte qui lui laisse des traces vertes près des défenses.

— Salut! dit-il. Qu'est-ce que tu me donnes pour que je te sorte de là?

Sa trompe pend dans le trou. «Elle ferait une belle échelle», pense Philibert avant de répondre:

— Mon amitié pour la vie!

— Trouve autre chose, dit le mammouth qui fait mine de s'en aller.

— Attends!

— Tu as une autre idée?

Pense vite, Philibert, pense vite.

Un petit paquet voleur avec ça ?

Quoi offrir à un mammouth ? J'ai déjà de la difficulté à trouver des cadeaux pour mes amis, alors, pour un mammouth... Un mammouth qui parle, en plus ! J'aimerais qu'Olivier voie ça. Mais au fait, que devient Olivier ?

Tout à coup il est tombé aux mains d'êtres cruels et sans cœur qui lui arrachent les ongles ? Tout à coup il est arrivé à un village où on l'aurait accueilli comme un dieu venu du ciel ? Peut-être qu'il marche encore, que la tempête se lève, qu'il n'a pas trouvé d'abri ? À moins qu'il soit en train de se battre à mains nues avec un ours polaire ? Ou de boire un chocolat chaud dans un iglou sans penser à moi, l'espèce !

— You-hou, en bas ! Ça vient, ta nouvelle idée ? À ce que je constate, les neurones ne travaillent pas trop trop vite...

— Écoute, tout ce que je peux t'offrir, c'est un jeu de cartes. Je n'ai rien d'autre dans mes poches. Mais je peux aussi te gratter, tu as peut-être des puces ?

— Des puces ! Moi ! Si c'est pour me faire insulter, j'aime autant m'en retourner.

— Non, non, reste. Je disais ça pour me rendre utile, c'est déjà arrivé à Velcro qui avait attrapé des puces de Tiger.

— Velcro ?

— Mon chien.

— Tiger ?

— Le chat du voisin. Alors, le jeu de cartes, ça te tente ? Écoute, je ne te veux pas de mal, je veux juste sortir d'ici. Je suis certain que tu n'as pratiquement aucun effort à faire pour m'aider. Un petit claquement de trompe, et voilà !

Il rit. J'ai au-dessus de ma tête un mammouth qui rit. C'est pas mal irréel.

— Et quoi encore, petit homme ? Comme ça, tu as un jeu de cartes ? Montre.

Je m'empresse de le sortir de mes poches. De dire au mammouth que s'il me tire de là, on jouera à tout ce qui lui plaira. Une partie de bataille avec un éléphant poilu, pourquoi pas? Ça plairait aussi à Olivier, beaucoup même. C'est fou comme il aime jouer aux cartes, une vraie maladie. Il pourrait télécharger un jeu, sortir avec ses amis, regarder un film, « chatter », je ne sais pas moi, n'importe quoi de normal. Mais non, il aime mieux jouer aux cartes. Un autre côté singulier de mon frère. Je ne connais aucun des frères de mes amis qui soit normal, de toute façon.

Bon, il la descend, sa trompe, le mammouth? Ça niaise un peu, là.

—On va jouer au paquet voleur, dis-je à mon nouveau copain légèrement obèse.

Je sais, c'est un jeu de bébé. Mais quel est l'âge mental d'un mammouth?

—Parfait. Montre-moi.

J'attends l'ascenseur. Qui ne vient pas.

—Eh, ho, en haut! Tu m'aides à monter?

—Non.

—Comment ça, non?

—On va jouer au paquet voleur et, si tu gagnes, je te sors de là. Si tu perds, bye-bye!

Je n'aurais jamais pensé que je pourrais détester un

mammouth un jour dans ma vie.

— Et comment on va faire ?

— Je vais jouer avec ma trompe ; elle est assez longue pour se rendre à toi. Et attention ! Si je te prends à tricher, je m'en vais tout de suite !

Tricher, moi ? Oui, bon, ça m'est arrivé une ou deux fois, peut-être plus... mais juste pour rire... enfin, bon.

Je n'essaierai pas avec lui. À moins que l'occasion se présente. Du moment que c'est sans risque... Disons qu'il tient mal ses cartes, que je vois son jeu et le regarde : ce n'est pas vraiment tricher.

— Eh, en bas ! Brasse.

— OK, OK...

Quand un mammouth t'ordonne de brasser, c'est drôle, tu n'es pas porté à t'obstiner...

— Au fait, as-tu un nom ?

— Roméo.

— Comme dans *Roméo et Juliette* !

— Juliette... ?

— Une jolie fille dont Roméo tombe amoureux. Mais, comme leurs parents respectifs sont en chicane, ils ne peuvent pas se voir et ça finit mal : ils meurent tous les deux.

— Oh ! Je connais une Juliette, une jolie mammouthe qui s'appelle Lili et dont je suis amoureux. Elle a des défenses à faire rêver... mais pas de parents.

Tiens, monsieur est capable de sentiment! Ça pourra peut-être me servir... Allons, ça fait cent fois que je brasse le jeu. Plus mêlé que ça, c'est la tête d'Olivier. Je marmonne:

— Il aurait pu revenir sur ses pas, quand même... Il a dû s'apercevoir que je n'étais plus derrière lui...

— Qui? demande Roméo Mammouth.

— Olivier, mon frère, une sorte d'échalote frisée... Tu ne l'aurais pas vu, par hasard?

— Non.

Ç'aurait été trop facile. Je tends à Gros Roméo sa première carte, puis sa deuxième, sa troisième, sa quatrième; la carte ouverte est déposée près de moi, par terre. Ça va être beau de le voir monter et descendre ses cartes. En tout cas, si j'avais le moindre espoir de voir son jeu... je dois oublier ça.

On commence.

C'est obligatoire: je n'ai pas de paires. Lui non plus. Mais oh, il dépose un huit. J'ai un huit. Tiens! Voilà! je te vole tes cartes. Tu vas voir, je vais te les prendre toutes, garanti. Dans cinq minutes, je suis sorti d'ici, hi! hi!

Non mais, oh, hé, là, comment ça, il a un autre huit? Ma pile! Il me prend ma pile. Et il rit. Ça semble un trait dominant de sa personnalité, ça, rire niaiseusement.

Ah! Mais c'est pas fini... Voilà! Je t'ai! Eh oui, j'avais un valet! Sur le tien! Par ici le paquet! Je vois la déconfiture s'installer dans ses gros yeux de pachyderme déréglé. Il n'est pas content, le gros Roméo. T'as voulu jouer, il faut vivre avec.

On joue, on joue...

Bientôt il ne reste que six cartes.

Là, je commence à être nerveux, quand même. J'ai le paquet, et il faut que je le garde.

Cinq. Je l'ai toujours.

Quatre. Je l'ai toujours. C'est bizarre, il commence à faire drôlement chaud ici.

Trois. Je l'ai toujours. J'ai de la sueur qui me coule dans le dos.

Il nous reste chacun deux cartes. C'est lui qui jouera la dernière. Je n'aime pas ça, pas du tout.

Si on m'avait dit qu'un de ces jours je jouerais ma vie au paquet voleur avec un mammouth dans un piège de l'ère glaciaire, non seulement je n'y aurais pas cru, mais en plus, je me serais sauvé en courant, loin de la personne qui m'aurait lancé cette prophétie.

— Eh, en bas, ça vient? Au fait, c'est quoi ton nom, à toi?

— Phil.

— Phil... qui « file » un mauvais coton en ce moment?

Bien sûr, il rit de sa blague, que je trouve un peu douteuse.

Pense, Phil. De tes deux cartes, choisis la bonne. Le quatre ou la dame ? Je ne me rappelle pas si les trois autres quatre ou les trois autres dames sont déjà passés. Je ne peux me rappeler les cinquante-deux cartes, quand même ! « Mini-mini-manimo, ôte-moi l'tatou qu'j'ai dans l'dos... » Je sors le quatre.

Fiou ! Il jette un six.

Maintenant, la dernière.

—Dame.

Je ferme les yeux, je ne veux pas voir la catastrophe, voir sa dame me voler mon paquet, puis voir Roméo partir et me laisser mourir ici. Je n'entends rien, pas même un cri de victoire. J'ouvre un œil : il a un dix.

—J'ai gagné ! J'ai gagné ! Youpi ! Vite ! Sors-moi d'ici ! Tu as promis !

—On ne t'a jamais dit que les mammouths ne tiennent jamais leurs promesses ?

—... Quoi ?

—Maintenant, tu le sais.

Je blêmis. Je commence même à trembler, mais pas de froid.

—Ça va, ça va, ne te mets pas à pleurer, c'était une blague. Allez, installe-toi.

Il descend sa trompe et m'en fait une chaise. Je grimpe, me tiens solidement.

—Tu peux monter!

Mais voilà que le bloc de neige sur lequel Roméo est assis s'effondre.

Le mammouth tombe et roule sur lui-même, glisse comme sur une pente de ski. Je me suis agrippé à une de ses défenses courbées pendant l'avalanche. Maintenant, nous voilà à moitié ensevelis sous la neige.

Tous les deux.

Pris au piège.

CHAPITRE 4
Iceberg, droit dessous !

Contrairement à ce que pense Philibert, Olivier s'est vite aperçu de la disparition de son frère. Seulement voilà : il était poursuivi par le mammouth. Curieusement d'ailleurs, car ce sont des herbivores.

Il a couru, couru, couru. Son cœur battait dans sa poitrine au rythme d'un rap joué dix fois plus vite que la normale. Il ne savait pas qu'il pouvait courir si vite. Rien de tel qu'un mammouth qui vous poursuit pour découvrir les ressources insoupçonnées qu'il y a en vous.

Quand il n'a plus entendu que son propre souffle,

Olivier a risqué un œil derrière lui : son poursuivant avait disparu. Il s'est arrêté net. Sa première pensée a été pour Philibert : « Mon pauvre petit frère adoré ! Dans quoi l'ai-je embarqué ? Si je le retrouve, je promets de l'emmener au cinéma. Un après-midi. Quand je n'aurai vraiment rien à faire. Quand aucun de mes amis ne sera libre. »

Tout autour de lui n'était qu'immense étendue blanche. Il a décidé de revenir sur ses pas. « Facile : dans la neige, je n'ai qu'à suivre mes propres traces. »

Il a rebroussé chemin, a marché, oh, à peu près dix minutes, lorsque tout à coup il a entendu un crac ! sourd. Il a tendu l'oreille. Un autre crac ! Il a regardé par terre : une fissure est apparue à ses pieds. Puis une autre derrière lui. Rapidement, le bloc au milieu duquel il se tenait s'est mis à bouger. Alors, dans un fracas sonore, des dizaines de fractures ont cassé la glace. Le vent s'est levé pour entraîner sur l'eau glaciale, en file mouvante, les nouveaux îlots flottants.

Et c'est ainsi qu'Olivier a commencé à dériver. Seul. Sans rien à manger d'autre que des olives farcies dans un sac à collation glissé dans sa poche de jean.

Pendant ce temps, Philibert, optimiste, voit quand même un bon côté à la chute du mammouth Roméo dans le piège : il se réchauffe enfin, enfoncé dans la laine de la bedaine de son nouvel ami.

Ami ? Difficile de savoir quels sont les sentiments d'un mammouth à l'égard d'un humain. Philibert n'a jamais rien lu là-dessus. Il doute d'ailleurs qu'il existe des écrits sur le sujet, puisque les mammouths ont disparu de la Terre bien avant l'apparition des scientifiques et des études. Philibert essaie de déchiffrer le regard du mammouth, qui a quelque chose d'impénétrable, d'indéfinissable. « Mieux vaut me méfier », se dit Philibert.

— Roméo, tu as besoin d'un bon brossage. Et d'un bain. Tu sens le vieux chandail de basket pas lavé depuis dix matches full défoncés !

— Oh ! merci, c'est super gentil, répond Roméo, qui croit à un compliment. Philibert, pendant qu'on n'a rien d'autre à faire, je vais t'avouer quelque chose : ton frère, je l'ai vu.

— Mais tu as dit...

— Je sais.

— Menteur !

— Holà ! On reste poli avec celui qui réussira peut-être à te sortir de là.

— Où as-tu vu Olivier ?

— Hé ! hé ! Je lui ai fait très peur en le pourchassant. Il court vraiment vite. Un champion. Mais j'ai fait demi-tour quand il a abouti à la banquise. À cette époque de l'année, les glaces se brisent.

— Tu veux dire qu'il est en danger ?!

— Pas nécessairement. Il pèse une plume. Enfin, je ne connais pas le poids d'une plume... S'il reste assis bien sagement sur son bout de glace, il ne peut rien lui arriver d'autre que de se rendre là où la Terre finit.

— Mais la Terre ne finit pas, Roméo.

— Oh, que oui. On le voit, au loin, le bout du monde.

Philibert ne s'étonne pas d'apprendre que Roméo ne connaît rien en géographie. Il imagine alors son frère dérivant vers la mer. Mais quelle mer ? Où sont-ils sur Terre ? Il pense qu'Olivier ne doit absolument pas filer vers l'équateur, car, les eaux se réchauffant, son bateau de glace fondrait.

Le mammouth continue :

— À moins qu'il rencontre un ours polaire, ou un smilodon, c'est toujours possible.

— Un quoi ?

— Un smilodon : une sorte de tigre avec des crocs si longs qu'ils touchent presque à terre.

Philibert soupire :

— Notre seule chance d'être sauvés, c'est que la potion d'Olivier cesse de faire effet et que nous nous retrouvions chez nous...

— Potion ? Quelle potion ?

— Une recette dégueu qui nous a transportés ici par magie.

— Ma grande expérience me permet de te dire ceci, mon p'tit gars : ne compte jamais sur la magie pour te tirer d'affaire.

— On peut espérer ?

— À ta place, j'essaierais autre chose. Regarde.

D'un signe de sa grosse tête, Roméo invite Philibert à regarder vers le haut. Phil ne sait pas si ce qu'il y voit le rassure ou pas : une dizaine de têtes encapuchonnées dans une fourrure épaisse sont penchées sur eux. Entre chacune d'elles, il peut voir une longue lance se terminant par une pointe probablement bien aiguisée.

Le garçon bondit sur ses pieds :

— Sauvé ! Bonjour, messieurs ! Sortez-moi d'ici ! Youpi !

Les têtes se consultent les unes les autres et personne ne semble pressé de venir au secours de Philibert. Il s'inquiète :

— Il ne faut pas avoir peur de moi ! Je ne suis pas un danger pour vous. Vous pouvez me faire confiance, je veux juste sortir d'ici et après je file, je ne vais pas vous déranger, d'ac ?

Les hommes marmonnent et discutent. Un d'entre eux glisse le long de son bras une corde qu'il tenait enroulée autour de son épaule. Au moment où la corde commence sa descente vers Philibert, Roméo sort de son mutisme et s'adresse aux chasseurs :

—Qu'est-ce que vous me donnez pour avoir le gar-çon vivant?

Le mammouth coince Philibert entre la paroi et son gros corps et fait mine de l'écraser sous son fabuleux poids.

Ah, le traître ! Moi qui commençais à avoir de l'amitié pour lui ! Je le savais qu'il ne fallait surtout pas se fier à ce Roméo sous-zéro !

—Pousse-toi, espèce de lâche lard !

—Vas-y, traite-moi de n'importe quoi, si ça te fait du bien. Mais je ne vais pas te laisser partir, oh non ! Tu es ma monnaie d'échange, Phil. Ces gars-là sont des chasseurs de mammouth. Qu'est-ce que tu penses qu'ils feront quand tu seras sorti du piège ? Ils vont me massacrer ! Tu es dans un piège à mammouth, je te signale. Pas dans un piège à mouches!

—Il y a des mouches, ici?

—Non.

—Écoute, Roméo: je vais leur expliquer que je te dois la vie parce que tu m'as permis de survivre au froid, et qu'ils ne peuvent que te laisser la vie sauve après cet acte de grande bonté.

Il éclate de rire. Encore.

—Ah oui? Regarde-les: ils se voient déjà me déguster en ragoût, assis sur ma peau! Désolé, Phil: c'est toi ou moi. Nous, les mammouths, avons très peu l'esprit de sacrifice.

Mais qu'est-ce qu'ils font? Les hommes, en haut, ont agrippé leurs lances et les pointent vers nous. Roméo soulève son gros derrière et le voici au-dessus de ma tête.

—Ils n'ont pas l'air de tenir à toi, Phil. Tu ne fais pas le poids! Que préfères-tu? Mourir écrasé, ou mourir transpercé de flèches?

Je regarde mes mains: pas de signes de désintégration ni de disparition. Il a raison, Roméo: je ne peux pas compter sur l'espoir que l'effet de la potion se dissipe. Pas de magie. Alors, je pense à la seule chose que j'ai sur moi et qui a très bien fonctionné avec ce mammouth égoïste: mon jeu de cartes.

— Un petit paquet voleur, ça vous tente?

Les lances baissent un peu: les hommes sont curieux. J'ai peut-être une chance. Et puis, là... il semble que non, finalement. Ce ne sont pas des amateurs de cartes, on dirait, car ils pointent de nouveau leurs armes vers nous.

— Ils ne connaissent pas les cartes comme moi, me dit Roméo. Laisse-moi faire.

Il s'adresse à eux:

— Regardez-moi ça... vous faites pitié! Le garçon vous offre quelque chose d'épatant: un nouveau jeu pour chasser l'ennui pendant les jours de tempêtes et les longues nuits. Je vais vous montrer. Allez, passe-moi les cartes, Phil.

Je commence à le connaître, mon mammouth.

— Pour que tu leur refiles le jeu contre TA liberté en m'abandonnant ici? Jamais!

Il m'enserre dans sa trompe en s'adressant aux chasseurs:

— Le petit gars, ses cartes et des heures de plaisir pour vous, contre ma liberté.

Dans le fond, c'est ce qui pourrait m'arriver de mieux: qu'ils acceptent et laissent partir Roméo. Une fois que je leur aurai enseigné le paquet voleur, la bataille, le huit, je déguerpirai à mon tour pour aller à la recherche de mon frère.

Les têtes disparaissent, mais reviennent avec des cordes : les chasseurs veulent hisser Roméo !

— Impossible ! dis-je.

— Pas de problème avec ça, Phil : leurs chiens sont forts comme des bœufs musqués.

Tout le temps qu'un des leurs descend, puis installe ses cordes pour remonter l'immense mammouth, Roméo me tient bien serré contre lui. Un homme lance des ordres et, bientôt, nous montons peu à peu. Arrivé sur la glace ferme, Roméo s'assure qu'on ne puisse me toucher en me tenant haut dans les airs.

Les hommes défont l'ascenseur de fortune.

— Je vais le déposer là-bas, comme ça, je suis certain que vous n'allez pas me tromper et me capturer.

La confiance règne ! Mais il a probablement raison.

— T'ai-je dit que ces gens-là ont l'habitude de faire des esclaves de ceux qu'ils capturent ?

— Quoi ! Et tu me livres sans scrupules ! Eh bien je vais te dire, je suis content que vous soyez dispa...

— Tiens-toi bien, fiston.

Et voilà que Roméo fait des bonds sur place, provoquant un vrai tremblement de terre — ou plutôt de neige. Plusieurs chasseurs et quelques chiens glissent dans le piège pendant que ma monture en laine de mitaine détale à toutes pattes, m'emportant dans sa fuite. Le temps que les chasseurs s'organisent pour nous poursuivre en démêlant leurs chiens, nous les avons déjà distancés. Bientôt, tandis que les jappements des chiens s'évanouissent, ils ne sont plus que de minuscules insectes noirs qui sautillent sur le blanc, puis qui disparaissent rapidement.

Roméo court, court, court. Puis il marche, rapidement d'abord, et enfin lentement.

— Merci, Roméo. Je croyais vraiment que tu m'abandonnais.

— Tu avais commencé à me dire que tu étais content « que vous soyez... » quoi ?

Aïe ! Je ne vais quand même pas lui annoncer qu'un jour, les mammouths auront disparu de la planète !

— Poilus ! J'allais dire « poilus ».

— T'es quand même un peu étrange, Phil.

— Je sais. Tu m'emmènes où comme ça ?

— Près de l'endroit où j'ai laissé ton frère.

— C'est gentil. Et après ?

— Nos routes se séparent et je te laisse là.

— C'est moins gentil, ça...

— Qu'est-ce que tu me donnes pour que je te garde avec moi ?

Décidément, c'est une manie chez lui de marchander tout le temps.

—Mon jeu de cartes?

—Ça plaira beaucoup à Lili.

Nous restons à une distance prudente de la naissance de l'eau où, en effet, flottent maintenant d'innombrables plaques de glace, taches blanches sur une mer presque noire. Qu'est-il advenu d'Olivier? Je scrute l'horizon. Rien. Nulle trace de son chandail rouge.

—Il doit s'être noyé, à l'heure qu'il est, murmure Roméo.

En moi, je sens monter le découragement et la tristesse. J'ai la gorge nouée, mes larmes perlent. Au moment où j'ouvre la bouche pour me mettre à pleurer, j'entends un son familier: mon estomac qui gargouille. Comment puis-je avoir faim dans un moment pareil?

—Tu veux une olive?

Je me retourne vivement. Olivier est là, couvert de glaçons. Je saute au cou de mon frère que j'adore — ça, je ne le savais pas. Roméo lui pique son sac d'olives.

—Tu peux m'expliquer, Phil?

Au moment où il prononce ces mots, je le vois commencer à disparaître. Puis, c'est à mon tour de me transformer en ombre...

—Phil! crie Roméo. Mes cartes!

J'ai juste le temps de sortir le paquet de mes poches et de le lui lancer.

CHAPITRE 6

Qui connaît la dame de pique ?

Les voilà revenus chez eux. Il fait chaud et le soleil tape en ce début d'août. Personne ne semble s'être aperçu de leur disparition.

Combien de temps sont-ils restés dans l'ère glaciaire ? Personne n'a pensé à regarder l'heure avant de filer vers l'inconnu : l'heure est une donnée négligée dans la vie de Philibert et de son frère, qui s'en remettent à leurs parents pour la leur rappeler, avant les repas par exemple, ou, malheureusement, les jours d'école quand il faut se lever à six heures quarante-cinq. D'ailleurs, ces heures ne correspondent en fait qu'à des mots : « Venez manger ! », « Debout ! » ou encore « Vous allez manquer l'autobus ! », ce qui signifie qu'il est sept heures quarante.

Le père de Phil, Bernard, revient de sa promenade quotidienne avec Velcro. Leur mère est à son travail : l'après-midi tire à sa fin.

Olivier se dépêche de se débarrasser de ses vêtements mouillés. Philibert reste assis sur le futon de son frère, sans bouger. Il peine à croire ce qui vient de lui arriver. Mais en fouillant ses poches il en trouve la preuve : le jeu de cartes a bel et bien disparu.

— Comme ça, Phil, tu veux me faire croire qu'en ce moment, un mammouth nommé Roméo est probablement en train de jouer au paquet voleur avec une femelle de son espèce ?

— Exact.

— Je sais qu'on partait dans l'absurde, mais là, tu charries.

— Je te jure que c'est vrai.

Phil raconte tout en détail : le piège, Roméo, les chasseurs, les négociations, son sauvetage, la fuite. Olivier écoute son récit, partagé entre l'incrédulité absolue et l'envie extrême.

— C'est assez injuste, dit-il. C'est moi qui fais les recherches, qui trouve une recette, qui concocte la potion, qui tente le tout pour le tout en l'essayant, et c'est toi qui rencontres un mammouth parlant. Vraiment, vraiment poche pour moi.

—Ouais.

—Peut-être que je devrais y aller tout seul, la prochaine fois.

—Quelle prochaine fois? Olivier! Tu n'es même pas encore tout à fait dégelé et tu penses déjà à repartir?

—Ben oui...

Il est hors de question que Philibert laisse partir son frère tout seul : on n'est jamais trop de deux quand la destination d'un voyage ne figure sur aucune carte.

—On ne pourrait pas manger un peu, avant? Et puis, je pense qu'on devrait être mieux préparés avant de repartir. Apporter des vivres, un canif, l'essentiel.

—Bonne idée.

Olivier s'allonge et s'enroule dans une douillette épaisse. Il se sent fatigué.

—Finalement, on va attendre un peu, se reposer, OK?

Phil espère qu'Olivier s'intéressera vite à autre chose et qu'il oubliera le monde de l'absurde. Non qu'il n'ait pas aimé son voyage, mais pour lui, un, c'est bien assez. Maintenant qu'il est de retour, il va se faire quatre toasts au beurre d'arachide, arroser ça d'un grand verre de lait, peut-être même deux, puis retrouver son ballon de basket et ses amis.

— Dis-moi, Phil : tu as eu peur ? demande Olivier, les yeux mi-clos.

— Terriblement.

— Dommage que je n'aie pas été avec toi, je t'aurais protégé.

Olivier bâille. Phil sort de la chambre et se dirige tout droit vers le frigo. Velcro accourt vers lui, comme chaque fois que quelqu'un ouvre la porte de ce distributeur de nourriture géant. Son père est attablé devant une portion de gâteau, en train de lire une revue scientifique.

— On a récemment découvert en Sibérie un mammouth parfaitement conservé dans les glaces. Viens voir la photo.

« On dirait Roméo », pense Philibert. Mais rien ne ressemble plus à un mammouth qu'un autre mammouth.

— Ce qui étonne les scientifiques, continue son père, ce n'est pas tant l'état remarquable de conservation de l'animal que le fait d'avoir trouvé près du corps une dame de pique. Curieux, non ? Ils se demandent par quel phénomène cette carte moderne a pu pénétrer la glace jusqu'à cette profondeur.

— Ouais, bizarre, dit Phil, sur un ton qu'il veut détaché pour ne pas montrer sa surprise.

—Ça n'a pas l'air de te surprendre. C'est vrai qu'il n'y a pas grand-chose qui vous étonne, vous, les jeunes, aujourd'hui.

Philibert sort, suivi du chien qui espère une petite joute de balle. Il la lui lance au moins cinquante fois.

—Tu ne te tannes jamais, toi, dit-il à Velcro. J'ai quelque chose à te raconter.

Il est l'heure du souper quand Phil termine son histoire. Velcro l'a écouté sans bouger. On aurait même dit que ça l'intéressait!

Quand Olivier paraît à la table, il tient un ouvrage sur les coureurs des bois de la Nouvelle-France.

51

«ESPRIT, ES-TU LÀ ?»

CHAPITRE 1

Le manteau de ma mère

Il a quand même fallu attendre quelques jours avant de songer à une autre expédition dans l'absurde : mon père nous en avait déjà planifié une.

Nous nous sommes levés à quatre heures du matin pour faire six heures de route jusqu'à un lac « sauvage » qu'il connaissait, sauf qu'il n'y était pas allé depuis dix ans. Nous avons été accueillis non pas par la truite mouchetée, mais par une horde de motomarines. J'aurais bien aimé en essayer une, mais un père âgé, ça n'aime rien qui fait du bruit ou qui va vite. En faisant le chemin inverse, nous nous sommes arrêtés chercher du poisson à l'épicerie.

Le lendemain, c'est ma mère qui s'y est mise, en nous obligeant à ranger nos chambres. Ça aussi, ça empire avec l'âge ; je veux dire, elle était moins à cheval sur le ménage quand on était petits. Enfin, on vit avec ça : chaque enfant doit supporter les manies de ses parents.

Aujourd'hui, ils nous ont laissé la paix. Olivier et moi, on se sentait d'attaque pour une virée dans le temps et l'espace. Comme mon frère est le grand détenteur du secret de la recette, c'est lui qui décide où on va. Pour le moment. Car j'arriverai bien un jour à savoir... Il m'a réveillé ce matin, un livre à la main, et m'a lu ceci :

« *Étant persuadé, le matin, par deux de mes camarades de me récréer avec eux en allant à la chasse aux oiseaux, je me disposai à leur tenir compagnie ; et donc, je m'habillai le plus légèrement possible pour que je pusse...* »*

Je l'ai interrompu :

— Puce ? Comme dans parasite ?

— Non, « pusse » comme dans pouvoir, mais il s'agit d'une conjugaison qu'on n'utilise presque plus : on est au XVIIe siècle.

— Ah bon. Une chance. Ça fait drôle quand même, « pusse ».

— Je continue.

---

* Tiré de *Les aventures extraordinaires d'un coureur des bois*, Pierre-Esprit Radis-son, Éd. Nota Bene

« ... pour que je pusse être le plus agile et ne pas rester en arrière, autant pour les proies que j'espérais attraper que pour échapper au danger dans lequel nous nous aventurions, d'un ennemi le plus cruel qui jamais fût sur la face de la terre... les Iroquois. »*

Il a refermé le livre avec grand bruit :

— Phil, on s'en va en 1651, à Trois-Rivières, affronter les terribles Iroquois !

Je n'étais pas trop certain d'être vraiment convaincu :

— On risque d'être capturés !

— Nous nous défendrons.

— Torturés !

— Ben non.

— Scalpés ?

— Ça ne te ferait pas de tort, une petite coupe de cheveux.

Il rit, mais ça ne me convainc pas du tout. La perspective de me faire tremper dans un bouillon fumant ne me plaît pas vraiment. Olivier sort déjà de sa poche un flacon contenant la fameuse potion.

— Tu as mis quoi, cette fois-ci, à part le sucre en poudre ?

— J'ai pensé que, comme ingrédient miracle pour aller à l'époque héroïque de la traite des fourrures, une

* Ibid.

poignée de la fourrure de castor du vieux manteau de maman ferait l'affaire. Agrémentée tout de même d'un peu de jus d'orange pour nous protéger du scorbut, car on ne sait pas si on n'atterrira pas en hiver. Bien sûr, j'apporte aussi un canif.

Devant mon air découragé, il rectifie :

— Bon, deux canifs : un chacun. On risque de s'en servir.

Je veux m'opposer énergiquement à ce projet complètement sauté quand Jeanne, ma demi-nièce, entre dans la chambre en cédant le passage à Velcro, qui a horreur qu'on le tienne à l'écart.

— Salut les gars ! Surprise ! C'est moi. Qu'est-ce que vous faites ?

Ça te coupe une envolée raide, et j'avoue que ça m'arrange. Je réponds :

— On discutait traite de fourrures.

— Vous ne vous intéressez pas à la chasse, j'espère ! C'est cruel, les chasseurs sont des assassins, on devrait tous être végétarien et d'ailleurs, même la fourrure recyclée devrait être bannie...

— D'accord, d'accord. Euh... tu es là pour longtemps ? demande innocemment Olivier.

Elle esquisse un large sourire :

— La journée ! On fait quoi ?

On ne peut quand même pas la mettre dans le secret et l'amener se faire écorcher vive en Nouvelle-France. Je lui proposerais volontiers d'aller au parc pour un peu de basket, mais j'ai peur qu'Olivier en profite pour s'évader tout seul. Et comme je dois le protéger... C'est fou d'être plus responsable que son frère aîné.

—Je vous ai apporté quelque chose, les gars: le tout nouveau CD de Full Vide, c'est super génial. Je vais le chercher.

Elle sort de la chambre. Olivier ne perd pas une seconde. Il débouche son flacon.

—C'est le moment ou jamais!

—On ne peut pas partir comme ça, Olivier!

—Oh! que oui.

Il boit, me tend ma part. Je n'ai plus le choix.

—Ouache!

—Pas très bon, Phil. Ça goûte le moisi. Maman devrait s'acheter un nouveau manteau.

Nous ne sommes pas encore complètement disparus quand Jeanne revient:

—Vous allez voir, Full Vide, c'est *full* bon... Eh! Qu'est-ce qui se passe?

Peu à peu nous perdons notre consistance, pour n'être bientôt plus qu'un voile à notre image. Inquiet, car il devine que ce qu'il voit n'est pas normal, Velcro s'approche, jappe, pousse ma main de son museau et me fait échapper le flacon de potion, qui ne s'est pas encore totalement dématérialisé.

Pas folle, Jeanne fait le lien entre cette bouteille et notre disparition. Au lieu de courir chercher mes parents, elle se précipite pour boire à son tour. Ça, c'est une vraie fille !

Mais Velcro a déjà tout avalé.

Voilà Philibert et Olivier qui se rematérialisent aux Trois-Rivières, en 1651. Le fort construit en 1634 par Laviolette ressemble plutôt à une ruine : une palissade, quelques bastions de bois et un pont-levis. Le tout entouré d'un fossé asséché.

— C'est censé protéger les habitants contre la menace iroquoise, ÇA ? s'étonne Philibert.

Olivier ne peut que constater la fragilité de la construction qui se dresse devant eux.

— Faut pas être trop peureux...

— Moi, j'aimerais mieux m'en retourner chez nous.

— Un peu de courage, Phil ! On retournera, c'est obligatoire, alors profitons-en !

— A-t-on la certitude de retourner chez soi, même si on est mort ?

— À mon souvenir, le site de la recette ne précisait pas ce genre de détail.

— Ça n'a rien pour me rassurer.

C'est à ce moment que Velcro apparaît auprès d'eux. Tout content d'avoir retrouvé sa famille, le chien battrait gaiement l'air de la queue, s'il en avait une ! Car Velcro est né sans, ce qui, avec son poil touffu et son ventre rond, le fait ressembler à un ourson. Les garçons sont catastrophés par sa présence, car il faudra le surveiller — et surtout ne pas le perdre de vue.

— Phil, tu t'en occupes pendant que je vais essayer de trouver le responsable de ce fort.

— Pourquoi moi ?

— Parce que je suis le plus vieux.

— Et alors ?

Un bruissement de feuilles derrière eux fait sursauter Phil, qui décide que ce n'est pas le moment de s'obstiner. Il détache sa ceinture pour en faire une laisse et, sans autre récrimination, se dirige rapidement vers le fort avec son frère.

À l'intérieur, tout est comme dans leur imagination — c'est-à-dire comme dans les reconstitutions historiques de villages de la Nouvelle-France qu'ils ont visités, en peut-être un peu moins propre — pas mal, même. Les habitants de l'endroit les ignorent, occupés à leurs tâches : nettoyer un fusil, réparer un mur, compter des peaux de castor...

— Eh, toi ! lance tout à coup un homme trapu habillé d'un manteau de laine malgré la chaleur.

— Moi ? demande Olivier.

— Oui, toi, le plus grand. D'où tu sors ?

— Je... euh... j'arrive de... Québec ! Oui, on arrive de Québec !

Soupçonneux, l'homme ne semble pas le croire.

— De Québec ? On s'habille comme ça, maintenant, à Québec ?

— Oui, c'est la nouvelle mode venue de Paris.

— C'est laid. Et vous n'avez pas été attaqués par les Iroquois ?

— Non. On n'a vu personne, hein, Phil ?

— Personne.

— Hum...

L'homme passe sa main dans sa barbe en se demandant si ces deux-là ne seraient pas des espions travaillant pour le compte de leurs ennemis. Comme ils en ont pas mal, avec les Anglais et les Iroquois, ce serait très possible.

— Vous êtes venus de Québec à pied ?

— Mais non ! En canot, lance Olivier, comédien comme pas un.

— Venez par ici...

Hésitants, les garçons le suivent.

— Entre. Non, toi, le petit, attends là.

Phil reste dehors pendant qu'on pousse son frère à l'intérieur de ce qui ressemble davantage à une cabane de colonie de vacances qu'à une maison.

Des hommes passent et le saluent sans s'arrêter. Près de lui, l'un d'eux donne un cours de maniement de fusil à un garçon plus jeune que Phil. Velcro tire sur sa laisse de fortune, s'agite, et Phil se dit que son chien a soif, ou faim, ou envie ; c'est simple à comprendre, un chien.

Il fait quelques pas à l'écart pour que Velcro puisse faire discrètement ses besoins. « Je n'ai pas de sacs pour les ramasser », se désole-t-il, en espérant qu'en Nouvelle-France, on soit plus tolérant pour ça que dans son quartier.

C'est alors que Philibert voit une boule de poils passer en vitesse. Il n'est pas le seul : Velcro détale déjà pour la poursuivre en tirant si fort que Phil échappe sa laisse.

— Viens ici !

Philibert ne sait même pas après quoi Velcro court: un chat? une marmotte? un lièvre? Il suit son chien, dont la proie se dirige tout droit vers la sortie du fort; la porte est ouverte pour laisser entrer deux garçons qui transportent une dizaine de canards fraîchement abattus. La bestiole traverse le pont et s'engouffre déjà dans la forêt environnante, talonnée par un Velcro complètement sourd aux ordres de Philibert.

— Je le savais qu'il fallait lui faire suivre des cours d'obéissance, grommelle Phil en courant pour le rattraper.

Bientôt, il craint de s'être aventuré un peu trop loin. Il ralentit le pas, devient plus attentif, puis s'arrête un instant pour écouter. Il n'entend rien d'autre que le vent dans les feuilles et la course effrénée de son chien. (Velcro ne peut jamais s'empêcher de poursuivre un chat, un écureuil, ou même une moufette. Ce qui lui a d'ailleurs valu bien des nuits dehors et des bains de jus de tomate.)

«Je m'en retourne?» se demande Philibert. Mais il ne peut pas revenir sans son chien. Ce serait peut-être l'envoyer à une mort atroce: et si les Iroquois mangeaient du chien?

— Attends que je t'attrape.

Fâché, il s'élance, déterminé à rattraper Velcro en moins de deux minutes, maximum.

Il le rejoint près d'un gros érable auquel la boule de poils a grimpé.

— C'est un chat, Velcro. Tu ne peux pas te contrôler un peu ? Ouais, je sais, tu ne peux pas. Allez viens, on s'en va.

Le tenant bien solidement en laisse, Philibert ramène son chien qui le suit, la mine basse.

Mais voilà que Phil s'arrête et cherche des repères. Car rien ne ressemble plus à un arbre qu'un autre arbre. Est-il arrivé par la gauche ? Par la droite ? Philibert commence à s'inquiéter. Il écoute attentivement... Un craquement de branches le fige. Phil s'imagine que les Iroquois sont là à le surveiller, derrière un tronc ou un buisson, perchés sur un rocher, tapis sur le sol, dissimulés dans la nature et, dans tous les cas, invisibles pour un œil non exercé.

« C'est rien, Phil, c'est rien, continue, et dépêche-toi », murmure-t-il pour s'encourager.

Il avance un peu à tâtons. Velcro ne lui est d'aucune utilité, comme d'habitude : se croyant en promenade, il se laisse guider par son maître adoré.

La mémoire de Phil ne lui a pas fait défaut : il a bien repris les mêmes sentiers qu'à l'aller et, bientôt, il aperçoit un bastion du fort.

— Ouf !

Il n'a pas l'occasion de pousser un deuxième «ouf!».
Une main immense comme une pelle à neige lui couvre
la bouche pour l'empêcher de crier, tandis qu'une autre
lui agrippe solidement les épaules et l'enserre. Il ne voit
pas son assaillant, qui a surgi par derrière.

Philibert lâche Velcro et voudrait lui dire de courir
vers le fort chercher de l'aide. Mais il ne peut pas. Le chien
grogne et montre les dents à l'agresseur pour protéger
Phil, mais un guerrier tout peinturluré l'effraie en soulevant
son tomahawk dans les airs. Velcro se sauve, mais pas la
queue entre les pattes.

Le temps qu'il atteigne le fort, Philibert file déjà sur
l'eau, étendu au fond d'un canot.

67

Je suis resté longtemps au fond du canot, recroque-villé sur moi-même et tellement terrorisé que je n'osais même pas jeter un regard de côté pour voir le guerrier en train de pagayer au-dessus de moi. À chaque coup de pagaie, je recevais des gouttes d'eau qui dégoulinaient dans le canot. J'ai rapidement été trempé mais, c'est drôle, je n'avais pas le réflexe de m'en plaindre...

Je repensais à mon premier voyage, en train de dis-cuter avec Roméo le mammouth : c'était plus amusant qu'inquiétant, finalement, quoique, à ce moment-là, j'avais vraiment peur de mourir gelé. Ou écrasé sous Roméo. En fin de compte, j'avais l'impression cette fois-ci de ne pas avoir atterri dans l'absurde — un mammouth qui parle, C'EST absurde —, mais bien dans la réalité bête et brutale de la vraie vie en Nouvelle-France.

Le guerrier peinturluré faisait au moins deux mètres de haut, avec des muscles gonflés comme des ballons de football et des cheveux qui feraient envie aux gars qui lavent les vitres de voitures au coin de chez nous. Ce guerrier-là, il n'avait pas l'air absurde, pas une miette. Il avait l'air menaçant, et j'ai eu tout de suite un petit doute sur la possibilité qu'il ait un sens de l'humour, même très léger. Disons que je n'avais pas vraiment confiance en une bonne blague pour détendre un peu l'atmosphère...

Alors, je me suis tenu tranquille. Plus tranquille que ça, t'es mort.

Il a ramé longtemps. J'ai pleinement compris la signification du mot « endurance », si souvent utilisé dans les cours d'édu par un prof sadique qui s'amuse à nous faire courir autour du gymnase jusqu'à ce qu'on le supplie à genoux de nous épargner. Ce gars-là qui ramait sans jamais perdre son rythme aurait mérité de faire partie de l'équipe olympique d'aviron. Et même de faire équipe tout seul.

Un moment donné, j'ai osé un coup d'œil vers lui : il

m'a souri. Ça n'avait pourtant rien pour m'enlever mes craintes : il avait de la peinture rouge jusque sur les dents. Je n'ai pas eu le réflexe de penser qu'il venait peut-être de manger des fraises... J'ai plutôt eu cette vision dérangeante de lui en train de dévorer tout cru un animal frais tué et encore chaud.

Je l'ai enfin entendu parler. Pas à moi, non, mais à d'autres comme lui dans des canots qui se joignaient au nôtre. Bientôt, il y en a eu plusieurs. Je le sais parce que mon Iroquois m'a fait asseoir prestement en poussant mon derrière avec sa pagaie. J'ai alors vu se multiplier les canots comme les monstres dans un jeu vidéo quand tu es rendu au dixième niveau. Si jamais j'avais eu l'intention de m'échapper (idée qui ne m'avait pas encore vraiment traversé l'esprit), c'était à oublier sur-le-champ. J'étais surveillé par au moins cent paires d'yeux — et ça, en comptant vite.

Une plage s'est profilée au loin. Puis, j'ai aperçu un campement : quelques tipis fabriqués avec des branches et couverts de peaux. Une sorte de halte routière de l'époque, j'imagine. Car dans mon *Histoire du Canada* on dit que les Iroquois vivaient dans des maisons longues entourées de palissades. J'en ai même fabriqué une maquette : j'ai eu un A et je crois que c'est parce que je m'étais servi de la peluche verte des vestiges d'un toutou.

Et si je m'en allais directement dans ma maquette?

Enfin, tous les canots ont accosté. Je suis sorti du mien en tremblant: qu'allaient-ils faire de moi?

Ils ont commencé par m'enlever mes vêtements. Puis, ils m'ont couvert de graisse. Ouache! Ça sentait la moufette écrasée sur la route. Ils m'en ont mis partout, même dans les cheveux. Comme ils sont assez longs, ça a donné des couettes qui allaient dans tous les sens et qui tenaient miraculeusement à l'horizontale sans retomber.

Ensuite, ils m'ont passé à la peinture. Avec du rouge et du noir, ils ont mis en valeur ma richesse intérieure, je veux dire qu'ils ont souligné tous les os de mon squelette! Puis ils m'ont habillé comme eux, avec un pantalon en peau trop grand. C'est tout. Mon chandail de Led Zeppelin a fait la joie de celui qui m'avait capturé. Mais comme il était trop petit pour lui, il l'a accroché à sa ceinture, comme un scalp.

Ils ont fait un feu et m'ont offert à manger. Quelque chose de brun avec des vers qui grouillaient dedans. Pas capable, non, vraiment pas! Ça les a fait rire. C'était OK pour moi: qu'ils rient tant qu'ils veulent, en autant que ça s'arrête là.

J'ai bu un peu d'eau. Puis est arrivé le maïs, cuit sur le feu. Sans beurre ni sel mais, pour un gars qui a faim, c'est un pur délice. Ils se sont mis à chanter et à crier comme des malades — je n'ose pas dire « sauvages », c'est interdit — et à danser un peu partout autour de moi, avec des haches dans les mains. Là, j'ai eu une petite crainte. Je me suis demandé si la graisse dont ils m'avaient badigeonné n'avait pas pour fonction de me donner du goût à la cuisson. J'ai pensé à ma mère, à mon père, à Olivier à l'abri au fort. Et à Velcro. Au moins, lui leur a échappé. J'espère qu'il a retrouvé Olivier.

J'espère aussi que l'effet de la potion se dissipera bientôt! Le plus vite possible! Comment il disait, Roméo? « Ne compte jamais sur la magie pour te sortir du trou! » ou quelque chose d'approchant.

En ce moment même, la plupart des guerriers viennent de s'allonger pour dormir, certains dans les tipis, d'autres à la belle étoile — qui ne brille pas d'ailleurs, car c'est couvert de nuages. Le calme retombe sur ma journée qui avait pourtant commencé relaxe, les grillons se frottent les pattes au rythme d'un bon rap, et moi, Philibert Tanguay, prisonnier des Iroquois en Canada, je ne suis pas attaché. Ni à un poteau, ni à un tipi, ni à un arbre.

Est-ce que je pourrais me sauver?
Est-ce que j'en aurais le courage?
Est-ce que j'en aurais la force?

Est-ce que j'en aurais l'audace ?

Est-ce que j'en aurais la folie ?

Arrête de te poser des questions niaiseuses, Phil, et cours.

Cours vers les canots.

Ils ne t'ont pas vu.

Allez, Phil, glisse dans l'eau sans bruit. T'es capable. Longe le bord en gardant la pagaie dans l'eau. Ton unique séjour dans un camp de vacances quand tu étais petit va enfin te servir à quelque chose. Attends le plus longtemps possible avant de pagayer.

Toujours pas de poursuivants.

Allez, maintenant, go ! Sauve qui peut !

CHAPITRE 4
Malice de la milice

Au fort, Olivier est très contrarié : on l'a enrôlé de force dans la milice. Il n'y a pas vraiment de soldats dignes de ce nom sur place ; il faut donc former un corps de garde en vue de défendre le fort. Olivier est un candidat idéal : en pleine santé, et déjà un homme vigoureux. Il a aussi cette particularité d'avoir des dents superbes et bien alignées. Et pas une ne manque ! Une force de la nature, sûrement.

Le voilà de garde, perché dans un bastion, à surveiller l'arrivée d'Iroquois. Il est inquiet, très inquiet pour son frère.

Il sait que Phil est sorti : les deux jeunes chasseurs de canards qui l'ont croisé le lui ont confirmé. Mais interdiction formelle de sortir du fort ! Si son frère n'est pas revenu, c'est que les Iroquois l'ont enlevé. Ils feraient la même chose avec lui. Et le fort ne peut se permettre de perdre un homme vigoureux capable de se battre.

« Phil, oh ! mon petit frère... Dans quoi t'ai-je entraîné ? »

Olivier a bien essayé de partir à sa recherche, ni vu ni connu ; mais la porte est bien gardée.

Dans son poste d'observation, il tourne en rond, rumine, se désole, s'impatiente... Tout à coup, il entend du bruit. Il tend l'oreille. Son cœur se met à battre : devra-t-il vraiment affronter les Iroquois ?

C'est discret, mais ça brasse dans le bosquet. Il voit alors surgir dans le fossé, hirsute, haletant, mais sain et sauf, un demi-frère à quatre pattes.

Velcro !

***

Philibert a pagayé toute la nuit. Jamais il ne se serait cru capable d'un tel exploit ! Il ne savait pas trop quelle direction prendre, alors, dans le doute, il est allé tout droit. Le vent s'est levé à l'approche de l'aube, le poussant par derrière. À chaque coup de rame, Philibert avançait comme s'il en avait donné cinq!

Mais où accoster? Comment trouver le fort? Il s'est posé la question mille fois. Et voilà qu'au loin, entre deux arbres, il aperçoit sur un promontoire ce qu'il identifie comme un mur. Une palissade?

Phil dirige son canot vers la rive. En se levant, il chavire, mais l'eau est peu profonde. Il s'aligne sur ce qu'il espère être le fort et détale.

—Où vas-tu comme ça?

Le pan de mur qui l'arrête dans sa course est le guerrier même qui l'a capturé hier. Philibert est à la fois surpris et découragé.

—Vous parlez ma langue?

—Évidemment!

Phil essaie de se dégager de l'emprise du colosse. Mais l'autre le tient fermement et éclate de rire.

—Tu as eu du courage et beaucoup d'endurance. C'est bien. Mais ça ne te sauvera pas d'être puni pour t'être évadé.

—Vous allez... me faire... quoi? bafouille Phil en tremblant.

—Mais te torturer, mon garçon. Tu t'en souviendras toute ta vie. Si tu survis, bien sûr.

Le guerrier met la main sur la bouche de Phil avant

qu'il puisse crier et appeler au secours. Le même voyage que la veille l'attend.

À cet instant, au fort Laviolette, Velcro, qu'Olivier a convaincu le gardien de laisser entrer, se met à geindre.

—Qu'est-ce que tu as, Velcro? demande Olivier. Tu sens quelque chose?

Jappement du chien.

—Phil?

Double jappement.

—Il faut aller à son secours!

Dans le canot, Philibert entend son chien aboyer. Il tente de l'appeler, mais aussitôt, le géant l'empêche de crier.

«Viens me chercher, Velcro, viens», répète Phil dans sa tête, sans relâche.

CHAPITRE 5

Je vous en supplie,
arrêtez ce supplice !

Le retour au campement s'est fait un peu trop vite à mon goût. Le chemin à parcourir m'avait paru beaucoup plus long, hier. C'est vrai que le temps est élastique : quand on s'en va vers une chose qu'on désire beaucoup, du genre un tournoi de basket, c'est long ; vers une chose dont on n'a pas envie, genre le début de l'année scolaire, c'est trop court.

La torture, ça vient encore plus vite !

Au moins, mon guerrier-gardien n'est pas une brute épaisse. Il ne me touche pas, mais il a ce demi-sourire qui n'a rien pour calmer mes appréhensions. Il m'emmène sur la plage, et il me fait asseoir là même où la tribu a fêté hier soir. Devant moi, un poteau.

L'Iroquois ouvre enfin la bouche :

— C'est aujourd'hui lundi, jour de la torture. Tu es chanceux : si on avait été mardi, jour de la pêche, tu aurais dû attendre une semaine, ce qui t'aurait précipité dans une longue angoisse.

— Je ne suis pas certain qu'être précipité dans l'eau bouillante soit mieux.

— L'eau bouillante ? Mais non ! C'est bien pire.

Ma salive passe mal dans ma gorge. Mon ravisseur continue :

— Le mercredi, c'est la danse de la pluie. S'il pleut déjà, on fait ça à l'intérieur. Le jeudi, on chasse : soit l'orignal, soit l'homme blanc. Ça dépend du premier qu'on trouve.

— Vous m'avez capturé un dimanche...

— Le dimanche, c'est activités libres : chacun fait ce qu'il aime le plus.

— Ah. Et le vendredi ?

— On retourne en Canada.

— Vous êtes déjà dedans, non ?

Il ne semble pas comprendre :

— En Canada : à notre bourgade, où sont nos femmes et nos enfants.

C'est donc ça que signifie le mot Canada : une bourgade iroquoise ! J'aurai appris quelque chose avant de mourir.

— Euh... et le samedi ?

— On magasine.

— Hein ?

— On fait de la traite de fourrures, si tu préfères. Le lundi, donc, est jour de lavage au village et de torture au campement.

— Vous avez un horaire chargé.

— Oui.

Voilà un peu d'agitation. À une extrémité de la plage, deux guerriers sortent d'un tipi en entraînant avec eux un prisonnier blanc. Mon gardien explique :

— Vous êtes deux aujourd'hui : ce ne sera pas une trop grosse journée. Mais comme celui-là a été capturé avant toi, c'est lui le premier. Pas de passe-droit.

— Je n'avais pas l'intention d'en demander !

— Tu auras la chance de voir et d'apprécier.

— Comment tu t'appelles, au fait ? Dents Rouges ? Biceps d'Enfer ?

— Gros Orteil.

— Pardon ?

— Je suis né avec un gros orteil gigantesque.

Il me montre son pied gauche. En effet, l'orteil en

question est assez spectaculaire. Mais ce détail de son anatomie m'intéresse peu, car je vois le pauvre captif attaché au poteau. Gros Orteil suit mon regard :

— Il s'appelle Pierre, mais on l'a surnommé Esprit. Radisson, mais nous, les noms de famille...

— Radisson ? Pierre-Esprit Radisson ? L'explorateur, le célèbre coureur des bois ?

— Célèbre, lui ?

— Oui, enfin, il le deviendra...

Je crie :

— Monsieur Radisson !

Il me regarde :

— On se connaît ?

— Non, euh ! oui, enfin moi je vous connais... pas personnellement, mais grâce à mon prof d'histoire.

Il est assez près de moi pour que je distingue son sourcil droit qui se transforme en point d'interrogation. Je ne peux pas lui dire qu'il sera un personnage important de notre histoire, il me croira fou. On me fait taire de toute manière.

Une sorte de vieil Amérindien voûté s'approche de Radisson :

— Tu t'es encore sauvé ! C'est pas gentil ! Tu étais averti. Ça me fend le cœur, car je t'aime comme mon fils, Esprit. Mais c'est la loi.

D'après ce que je l'entends murmurer, il tente de soudoyer le bourreau pour qu'il l'épargne. Mais ce dernier, en homme consciencieux et fier de son travail, ne veut rien savoir. Le vieux s'éloigne, la larme à l'œil. Le bourreau s'avance, un flacon dans les mains.

—Il commence fort, lance Gros Orteil. Il va lui verser ça sur le corps. Aïe!

Je tremble déjà.

—Ça? Quoi, ça?

—Du parfum français!

—Hein?

—Oui, cet abominable liquide qui brûle les narines quand on en met sur soi. Pouah!

Le bourreau verse en effet sur Radisson le contenu d'une bouteille de parfum grand format. La fragrance dégouline le long de ses cheveux, de ses épaules, de ses bras. Radisson garde la tête haute.

Gros Orteil s'exclame:

—Il est fort, très fort! Moi, je ne supporterais pas ça.

—Ben là... c'est complètement absurde.

Le bourreau s'avance de nouveau vers Radisson, qui endure héroïquement son supplice, et le détache.

—Tu as une grande force. OK. On passe l'éponge pour cette fois. Mais qu'on ne te reprenne pas à te sauver! Suivant!

C'est moi? Oups! Oui, c'est moi. Le bourreau approche.

— Tu vas voir, dis-je, le parfum, ça ne me dérange pas.

— Ah non! réplique Gros Orteil. Nous te réservons autre chose!

— Q-q-q-q-quoi????

— Le supplice de la course. J'ai pitié de toi.

Pendant qu'on m'entraîne, j'imagine que je devrai courir le plus vite possible en évitant des flèches empoisonnées, comme on le voit au cinéma. En effet, me voilà à l'entrée d'une voie bordée de barres parallèles. Je devrai la traverser sans tomber si je veux éviter le prochain supplice. Sinon...

— Il n'y arrivera jamais! dit Gros Orteil à un autre guerrier.

Le bourreau crie:

— Go!

Go? Où est-ce qu'il a appris ce mot-là?

Étudions le parcours. Le sol est jaunâtre... il est couvert de peaux de bananes! Comment ça, des bananes en Canada?

Je m'élance. Évidemment, je glisse, je tombe, je me remets debout, je retombe et toute l'assemblée rit à gorge déployée. Entre deux chutes, je marmonne, soulagé:

—Ce n'est pas un supplice si horrible...

Gros Orteil m'a entendu et se raidit :

—Quoi ? Pas un guerrier digne de ce nom ne supporte qu'on rie de lui. C'est l'humiliation suprême !

J'arrive en bout de piste, essoufflé mais sans plus. Comme je suis tombé, j'aurai droit à...

—À quoi, Gros Orteil ?

Ça me fait drôle, quand même, de l'appeler comme ça...

—Tu dois repasser sur la piste, sauf que cette fois-ci, ce qui t'attend, ce ne sont pas des bananes, mais des guerriers sanguinaires.

On entre dans le sérieux, on dirait. Dix hommes s'installent le long de la piste. Je suppose qu'il s'agit du supplice du bâton, ou pire, du casse-tête ! Le silence se fait. Adieu, monde cruel ! Je respire un grand coup et me mets à courir. Les bras des dix hommes se lèvent. Chacun tient son arme : une plume ! Commence alors une chose terrible : un chatouillage en règle de Philibert Tanguay !

Rien à faire : j'éclate de rire. Absurde, et pas juste un peu ! Je me tortille, les côtes me font mal tellement je ris ! Qu'est-ce qu'Olivier a bien pu mettre dans la recette pour que ça vire comme ça ? Je me tords par terre, et tout à coup j'entends cette voix que je reconnais tout de suite, non par son timbre, mais par ce qu'elle lance :

— Qu'est-ce que tu me donnes pour que je te sorte de là ?

Roméo le mammouth !

CHAPITRE 6
Un gros orteil
et trois chaussons

Effrayés devant le géant poilu et inconnu qui avance vers eux, tous les guerriers se sauvent. Presque tous, car Phil, qui se sait entre bonnes pattes, essaye de retenir Gros Orteil.

— C'est mon ami Roméo ! Viens !

Après un mouvement de recul, l'Iroquois curieux et courageux s'avance prudemment, étire le bras jusqu'à toucher le poil du mammouth, puis le retire prestement. Il finit par caresser Roméo, et un grand sourire tendre et enfantin apparaît sur son visage autrement si sévère.

— Tu devrais sourire plus souvent, ça te va bien, surtout peint en rouge. Roméo adore jouer aux cartes ; tu sais ce que c'est ? Au fait, Roméo : ta Lili, ça lui a plu ?

— Et comment ! Elle et moi, on est presque ensemble. Encore quelques années et ce sera fait ! Merci encore, Phil.

— C'est rien. Dis donc, comment t'es-tu rendu ici, toi ?

— Je ne sais pas, répond le mammouth. C'est après avoir mangé les olives de ton frère. J'étais à brouter tranquillement ; je lève la tête, et qu'est-ce que je vois ? Disparue l'étendue de lichen, me voilà dans une forêt ! Je n'ai rien contre, car côté bouffe, c'est vraiment fourni. C'est juste pour Lili...

— Il devait y avoir des traces de potion sur les olives, mais... pourquoi ici ?

À cet instant précis surgissent Olivier et Velcro. Olivier saute au cou de Philibert, puis il pose un regard interrogateur autour de lui :

— Phil ! Peux-tu m'expliquer ?

— Voilà Roméo, que tu connais, et lui, c'est Gros Orteil, qui m'a capturé deux fois ! Chapeau, Gros Orteil ! T'es champion.

Le guerrier rougit du compliment. Il tend sa main à Velcro, qui lui donne la patte.

—Tu me donnes ton chien? demande Gros Orteil.

—Oh, non! Velcro reste avec moi!

—Tu me donnes Roméo, alors?

—Euh... je ne peux pas, Roméo ne m'appartient pas. Ni à moi, ni à cette époque, d'ailleurs.

Gros Orteil veut faire de Philibert son frère et propose qu'ils mêlent leur sang. Mais à peine a-t-il sorti son couteau de sa ceinture que Phil, Olivier et Velcro disparaissent peu à peu pour ne laisser sur le sable que la trace de leurs pieds et de leurs pattes. À la dernière seconde, Philibert laisse tomber son canif sur le sol: c'est son cadeau souvenir.

***

À leur retour dans la chambre d'Olivier, les garçons sont accueillis par Jeanne.

—Si vous ne me racontez pas tout, je vous dénonce à vos parents!

—C'est du chantage! lance Olivier, indigné.

—Oui, répond Jeanne. Et d'habitude, ça fonctionne très bien.

Alors, Philibert raconte tout: sa capture, son évasion, sa re-capture, la «torture». Olivier l'écoute, avec un sentiment d'envie mêlée de frustration.

—Tu as rencontré Pierre-Esprit Radisson ? LE Radisson ? Moi, j'ai passé tout ce voyage à surveiller un ennemi qui n'est jamais venu. Et je me suis rendu sans encombre au campement des Iroquois, grâce au flair de Velcro. C'est encore toi qui as vécu l'aventure la plus excitante.

Olivier soupire. Philibert n'y peut rien, bien sûr. Il enchaîne :

—Tu as une petite idée de comment ça se fait qu'on ait rencontré Roméo ?

—Non, vraiment pas.

—Il a parlé de tes olives.

—Je devais avoir de la potion sur les doigts quand j'ai pigé dans le sac. Je ne vois pas d'autre explication.

—Mais c'est en Nouvelle-France qu'il nous a suivis !

—Hum. Mystérieux, en effet.

—Tu dois me dire ce qu'il y a dans cette recette, Olivier.

—J-A-M-A-I-S.

Tout excitée, Jeanne les interrompt :

—La prochaine fois, je vais avec vous !

—Quoi ?! s'écrient les deux frères.

Pour toute réponse, Jeanne leur adresse un sourire malicieux. Les garçons savent que, s'ils refusent, elle mettra vraiment sa menace à exécution.

—Où on va, où on va ? Quand ? Quand ? Quand ? s'impatiente Jeanne.

— Minute! coupe Philibert. On va d'abord prendre le temps de se reposer et de manger, puis de bien choisir notre destination.

Il se dirige vers la cuisine et sert une double portion de croquettes à Velcro, en ajoutant à son bol des restes de viande de la veille.

— Comme ça, on n'aura pas à les manger, nous. Et toi, tu adores : tout le monde est content.

Philibert se demande si Velcro devrait faire partie du prochain voyage.

— C'est risqué, mon chien. Je ne veux pas te perdre ou qu'il t'arrive malheur. Sauf que ça s'est bien passé, cette fois-ci. Même que c'est grâce à toi qu'Olivier m'a trouvé. Quant à Roméo... Je me demande s'il est retourné dans sa toundra...

Pendant que Phil s'assoit par terre à côté de Velcro pour manger un chausson aux pommes en sa compagnie, Roméo reprend forme. C'est un peu plus long pour lui que pour eux, car il est pas mal plus gros. Trop gros, en tout cas, pour l'endroit où il s'est matérialisé...

— C'est quoi, ce bruit-là, dans le cabanon ? demande Phil à Velcro, comme s'il allait lui répondre.

Avant d'aller voir, il décide de finir son chausson, et même d'en manger deux autres.

LE RIRE D'AMÉRI KHÂN

CHAPITRE 1
Le trésor dans l'aquarium

Nous n'avions pas le choix. Il fallait vite renvoyer Roméo chez lui, avant que mon père n'ait l'idée d'aller fouiller dans le cabanon. Après la salle de bain, le cabanon est l'endroit préféré de mon père. Il fait quasiment corps avec sa tondeuse, si bien qu'il ne nous demande même pas de tondre notre bout de gazon. Ça diminue d'autant notre allocation, bien sûr. Mais ça l'occupe, alors c'est parfait.

Donc, Olivier a vite préparé sa recette de popsicle au raisin pour ramener Roméo dans son époque. Puis, de peine et de misère, nous avons réussi à extirper notre mammouth du cabanon. Depuis, la porte ne ferme plus très bien.

Une chose nous paraissait évidente : il fallait repartir avec Roméo pour être bien certain qu'il rentre chez lui et non ailleurs. Je me sentais responsable : c'était notre faute s'il était loin de sa Lili. Roméo contemplait le gazon comme s'il avait été lui-même une tondeuse. Pendant quelques minutes, j'ai d'ailleurs pensé faire une surprise à mon père en confiant le travail à Roméo. Mais c'était trop risqué, à cause des voisins. Ça ne passe pas inaperçu, un mammouth.

Cette fois-ci, il fallait se préparer comme il faut ! Comme on repartait dans le froid, on a sorti manteaux d'hiver, mitaines et bottes. Puis des provisions : pain, fromage, jus, biscuits, chocolat, chocolat et chocolat. Des couteaux. C'était un peu nono de retourner où on était déjà allés, mais bon, comme Jeanne était là, mieux valait sauter dans le connu.

— On prend juste une petite bouchée, ai-je proposé. Comme ça, on restera moins longtemps. Juste pour dire qu'on ramène notre gros mammouth adoré. Pour Roméo, par contre, ce sera deux popsicles !

Jeanne sautillait d'excitation :

— Je suis prête, je suis prête !

J'ai fait sauter Velcro dans le lit de mes parents : il n'a pas le droit mais, comme il adore y dormir, c'était une manière de m'assurer qu'il ne nous suivrait pas en nous léchant les doigts.

Puis j'ai pris ma bouchée de popsicle.

—Ça goûte le poisson, ton affaire, ai-je remarqué.

Je ne me suis pas étendu plus longtemps sur cette bizarrerie : je disparaissais. Et nous nous sommes retrouvés une nouvelle fois dans une immense étendue désertique. Mais cette fois, pas de glace ni de neige : c'était plutôt du sable qui nous entourait à perte de vue.

J'avais déjà chaud avec mon manteau.

—Olivier ! On est où, là ?

—Aucune idée.

—Tu as bien concocté la même recette que l'autre fois ?

—Euh... oui, sauf peut-être pour l'eau...

—Quelle eau ?

—En allant au lavabo pour vider l'aquarium de Jaws qu'elle s'apprêtait à nettoyer, maman a échappé deux ou trois gouttes d'eau dans mon bol pendant que je mêlais les ingrédients.

—Qui est Jaws ? a demandé Jeanne.

—Notre nouveau gobie.

Après avoir répondu à Jeanne, j'ai allumé :

— Gobie... Je gage qu'on est dans le désert de Gobi!

La géographie est un de mes points forts. J'étais encore bébé quand ma mère a affiché une carte du monde dans ma chambre. Je l'ai tellement regardée, cette carte, avant de m'endormir! Pleine de formes bizarres et de couleurs, elle s'est imprimée dans ma mémoire. Quand j'ai appris à lire, ç'a été un jeu d'enfant de lier les endroits et les noms.

— C'est où, le désert de Gobi? s'inquiète Jeanne.

— En Mongolie.

C'est loin en titi! Et rien ne nous dit si nous sommes dans le passé, le présent ou le futur. De plus, Roméo ne nous a pas suivis!

— Olivier, t'es un imbécile consommé!

— Je sais.

— Et où est Roméo?

Sur ces mots, une défense de mammouth se matérialise. Une minute passe. Deux. Dix. Rien d'autre n'apparaît. Nous n'avons apporté qu'un morceau de Roméo! On peut donc voyager en pièces détachées?

Jeanne se tâte pour vérifier si elle a tous ses membres. Je ramasse la défense:

— J'espère qu'on va retourner chez nous au plus vite! On a un problème, Olivier, un gros problème. Et un mammouth dans la cour!

—On va où, maintenant? demande Jeanne.

Personne ne sait quelle direction prendre. De quelque côté qu'on regarde, on ne voit que du sable. Le soleil tape fort.

Est-ce un mirage? Une hallucination? Il me semble voir au loin passer un... cheval.

Je me serais attendu à un chameau. Mais enfin, si quelque chose de vivant galope là-bas, c'est dans cette direction qu'il faut aller. Nous prenons soin d'enterrer dans le sable la défense de Roméo, trop encombrante pour qu'on l'emporte. Je marque l'endroit avec mes mitaines.

Nous marchons. Par cette chaleur, nos manteaux et nos provisions pèsent lourd dans nos bras. Une chance qu'on a des jus: il doit bien faire autour de trente-cinq degrés! Le cheval a disparu derrière une colline. Nous y grimpons. Au sommet, je ne sais pas si ce qui s'offre à nos yeux est une bonne ou une mauvaise nouvelle: loin, très loin à l'horizon, le sable semble céder sa place à une terre rocailleuse. En plissant les yeux, j'aperçois des couleurs. Du vert, du rouge, du jaune...

Des gens... Amis ou ennemis?

—Si nous sommes effectivement dans le désert de Gobi —ce qui n'est pas certain —, ce sont des Mongols, dit Olivier d'un ton professoral.

— Ils sont très gentils, affirme Jeanne. Il y en a une dans ma classe, une Mongole, et je l'aime beaucoup.

Comme si ç'avait un rapport!

Nous reprenons notre marche. Qui dure, dure, dure, dure. Plus nous avançons, moins nous approchons, on dirait. Pendant des heures, nous traînons nos corps de plus en plus fatigués. Nous avons beau essayer de faire durer nos réserves de jus, il faut bien nous hydrater un peu. Bientôt il ne nous en reste plus, et notre objectif semble s'éloigner toujours. Jeanne s'effondre la première:

— Assez! Je ne peux plus faire un pas!

Je n'en peux plus, moi non plus. Mais au moins, je n'aurai pas été le premier à le dire. Je mourrai fier!

Le soleil décline lentement et un vent froid se lève. Nous nous rhabillons, contents d'avoir traîné nos manteaux. Il fait d'ailleurs de plus en plus froid. Nous nous pelotonnons les uns contre les autres pour nous réchauffer. C'est bien la première fois de ma vie que je serre Jeanne dans mes bras. Ça me gêne un peu, je dois dire. Mais je ne le lui dirai pas.

La nuit tombe sur nous. Il y a quelque chose qui me chicote. En posant ma question, de la buée sort de ma bouche.

— Dis donc, Olivier... Tu n'avais pas dit que l'effet de la potion serait très court?

— Logiquement, car on a pris une toute petite dose. Je ne comprends pas. À moins que...

— Que quoi ?

— Euh... pour couvrir un peu l'odeur de poisson, j'ai ajouté quelques gouttes du parfum de Bernard, *Éternité*... Je ne voyais pas comment cela pourrait faire une grande différence...

Je suis sidéré, mais je vais garder mon calme. Une bonne respiration, Phil, c'est ça. Une autre, oui, sinon tu vas lui sauter dessus. Une petite dernière, sans ça tu ne vas pas te contrôler.

— Jeanne, dis-moi... On attend le matin pour l'abandonner... ou on le laisse tout seul dès maintenant ?

Je la sens qui se met à trembler :

— On va rester ici pour l'éternité ?

— Probable.

Celui qui vient de donner cette réponse n'est ni Olivier, ni moi. Il est juché sur un drôle de petit chameau.

— Appelez-moi Khân. Améri Khân.

Phil, Jeanne et Olivier ont suivi le Khân. Malgré les étoiles, la nuit sans lune ne leur permettait pas de voir grand-chose. Leur guide, enfin, cet homme savait manifestement quelle route suivre. Marcher les gardait au chaud. Et ce n'est qu'à l'aube qu'ils ont atteint les couleurs aperçues de loin.

— Méchant campement! a lancé Phil en arrivant, voyant alignées devant lui des milliers de tentes rondes.

— Ce sont des yourtes, l'habitation des nomades de Mongolie, a expliqué Olivier. Elles ont un petit quelque chose de bizarre, quand même...

Bizarre? Peut-être pas pour leurs habitants, mais pour nos héros oui, car elles ne sont couvertes ni de peaux, ni de tissus, mais bien de gazon.

— Je suppose que quand les chèvres ont fini de manger la yourte, c'est le moment de déménager, a suggéré Phil en apercevant les troupeaux gigantesques.

Il y avait aussi des moutons, des chameaux, des chevaux, des enfants de toutes races et couleurs, les yeux encore tout pleins de sommeil, se promenant avec des aigles perchés sur leurs bras.

— La peau verte, tu crois que c'est normal? a demandé Jeanne.

— D'après moi, ils mangent eux-mêmes leur maison, a répondu Philibert.

La rue, ou plutôt la piste qu'ils empruntent maintenant se remplit vite de vendeurs, tandis que le soleil se lève très rapidement. Ici, on offre du lait de jument; là, de la bière de riz.

Ils passent devant une échoppe où un Chinois qui porte un béret vend des fromages. Devant une autre, un grand Noir vêtu d'une veste à carreaux étale du sirop. Une femme blonde propose des tissus colorés; une autre, du mouton rôti. Ça sent bon. Mais Améri Khân ne les laisse pas s'arrêter.

Impossible de se sauver et de se faufiler dans la foule qui grossit, car elle s'écarte sur leur passage et toutes les têtes s'inclinent devant l'homme qui les conduit. Le désert de sable a fait place à une steppe poussiéreuse. Le vent souffle et de multiples drapeaux flottent dans l'air.

— Quoi qu'il arrive, restons ensemble, lance Philibert.

— Ça c'est sûr ! approuve Olivier. Jeanne, tu ne quittes pas Phil, parce que c'est toujours à lui qu'il arrive quelque chose.

— Ce n'est pas ma faute, répond Phil, je ne fais rien pour ça !

— C'est antihéroïque, d'ailleurs, décide Olivier, qui a toujours appris qu'un héros agissait, qu'il était le moteur de l'action.

À exactement six heures trente-trois minutes, le groupe arrive en vue de ce qui semble être la résidence du personnage.

« Je n'aimerais pas être nomade et avoir à transporter ça... » pense Phil devant la yourte monumentale. « Ça doit être dur à chauffer », voilà la réflexion qui lui vient en tête, celle que son père aurait faite. « Imagine le ménage ! » aurait dit sa mère. Pourquoi pense-t-il à ses parents ? Probablement parce qu'en cette minute il se sent bien loin d'eux.

Quand Améri Khân descend de son chameau, il se révèle bien plus petit qu'il ne le paraissait. Il leur fait signe de le suivre à l'intérieur. Devant eux, il y autant de serviteurs que de tapis. Le Khân remet ses prisonniers aux mains d'une femme qui les emmène.

—Pensez-vous que l'un d'eux nous parlera un jour ? demande Jeanne.

La femme se retourne :

—Bienvenue au royaume.

—Quel royaume ? demande Olivier.

—LE royaume.

—Euh... On est où, là ?

—Dans le désert de Gobi.

—Je vous l'avais dit ! triomphe Phil. On est en Mongolie.

—Qu'est-ce que vous racontez ?

—En Chine alors ?

—Mais d'où venez-vous donc pour parler ainsi de ces pays qui n'existent plus ?

Phil hésite :

—Euh... de... loin. De très, très loin. D'au-delà du désert, répond Phil.

Elle le regarde drôlement :

—Il n'y a rien, au-delà du désert.

Olivier prend la relève :

— Il veut dire, de très loin dans le désert.

Au tour de Jeanne :

— Nous avons voyagé longtemps. On est quelle date, aujourd'hui ?

— Le 24 septembre.

— Oui, le 24 septembre deux mille et… ?

— Deux mil quatre cent cinquante. C'est ici.

Elle les introduit dans une pièce où trône un léopard des neiges empaillé.

— Le Naadam va enfin pouvoir commencer ! lance-t-elle.

— Le quoi ? demande Philibert.

— Notre fête nationale. Elle sera bien spéciale, cette fois, car nous fêtons les quatre cents ans du grand Khân.

— Du grand qui ?

— De l'homme qui vous a amenés ici, voyons ! Notre dirigeant suprême !

Elle sort, non sans un regard découragé devant l'ignorance des jeunes.

Et en prenant soin de bien les enfermer.

CHAPITRE 3

Tu seras un clown, mon fils

Quatre cents ans! Wow! À ce que je peux voir, la médecine a continué à faire des progrès!

— Il ne fait pas son âge, Améri Khân, observe Jeanne.

Les préoccupations d'Olivier sont d'un tout autre ordre:

— «Il n'y a rien au-delà du désert», nous a dit la dame. Est-ce à dire qu'il a envahi toute la planète? Est-ce que chez nous existe encore? Les peuples des déserts sont-ils les seuls qui aient survécu à l'assèchement de la Terre? Sommes-nous réellement dans le futur ou bien dans un futur qui n'existera jamais car il est absurde? Et que ferons-nous pour aider à la suite du monde? Avons-nous, à nous trois, le pouvoir de renverser la vapeur? De libérer l'humanité du joug du tyran? Notre mission sera grandiose!

Visiblement, mon frère est en train de sauter une coche.

—Eh! ho! Tu y vas fort un peu. On ne sait pas encore si Khân-de-soupe est vraiment un tyran.

Jeanne s'esclaffe. Elle l'a trouvée drôle, celle-là.

—Il a l'air gentil. Un peu sérieux, mais pas méchant. Dehors, les gens n'avaient pas l'air pauvres, infirmes, malades ou affamés, continue-t-elle. Mais moi, je suis vraiment fatiguée. Pas vous?

Pour ça, on est morts! On a marché toute la nuit. On s'étend sur les tapis et Olivier décide qu'on doit s'attacher les uns aux autres. Pas tant par prudence que pour éviter que je disparaisse pour aller vivre une aventure sans eux.

***

Combien de temps avons-nous dormi? À notre réveil, des lampes brûlent et des plats de viande grillée nous attendent. Au centre de la pièce, dix personnes entourent un feu préparé dans un cercle de pierres.

Accroupi, Améri Khân en extirpe un paquet d'os calcinés.

— Les os ont parlé! lance-t-il en se levant.

— Ô Altessissime! Les étrangers sont réveillés, dit notre gardienne.

Le Khân s'approche de nous:

— C'est l'un de ces trois-là. C'est écrit dans les os du mouton.

Lire dans des os! Je connaissais le thé, les lignes de la main et les cartes, mais pas la méthode des os. D'autant plus qu'ils sont complètement noircis.

— Et que disent-ils au juste? risqué-je. C'est un peu difficile à lire, sans mes lunettes.

Olivier me donne un coup de coude: ce n'est pas le moment de faire de l'humour.

— Qu'un de vous trois remportera le concours.

— Quel concours?

— Un de vous trois réussira à me faire rire. Ça fait des siècles que j'attends ce moment.

Le pire, c'est qu'il ne parle même pas au figuré!

Olivier demande:

— Lequel de nous trois?

— Ce n'est pas clair.

Évidemment, quand on lit dans des os noircis, y a peut-être des détails obscurs...

— Si c'est un concours, il y a quelque chose à gagner,

non? déduit Jeanne. Un bon d'achat pour des vêtements? Un voyage? Un iPod de cent mille gigaoctets?

La petite troupe en parures de laine ne semble pas
trop comprendre de quoi parle notre nièce. Mais visiblement, Améri Khân — je ne sais pas si je dois lui expliquer que son nom en soi devrait le faire rire — n'est pas
homme à se laisser déstabiliser.

— Celui ou celle qui réussira à me faire rire pour la
première fois de ma vie aura droit au secret de la vie
éternelle.

L'effet du parfum Éternité, sans doute.

Il poursuit:

— Les autres auront la tête coupée.

Il sort prestement, suivi de sa suite. Est-ce que ça se
dit, ça, « suivi de sa suite »? Quand je suis un peu sonné,
je me pose des questions de ce genre. Pour me donner le
temps d'absorber. Je me tourne vers Olivier.

— Mon frère, ce n'est pas l'humanité que tu dois
sauver: c'est nous. Est-ce une mission assez grandiose
pour toi?

CHAPITRE 4

Olivier est-il timbré ?

« Ce qui est absurde dans ce voyage-ci, ce n'est pas un détail en particulier, mais la situation au complet ! » pense Philibert.

« Je n'aurais peut-être pas dû insister pour les accompagner », pense Jeanne.

« Cherche, Olivier, cherche un moyen de ramener tout le monde à la maison, et vite », pense Olivier. Il se sait responsable, et il se dit que c'est à lui qu'incombe la tâche de les sortir de là... ce qui n'est pas pour déplaire à son orgueil.

Dehors, les préparatifs de la fête du Naadam vont bon train et le programme est chargé : concours d'hommes forts, course de chevaux montés par des enfants, épreuves de tir à l'arc, chants de l'âge d'or — les trois cents ans et plus. Et mouton grillé à volonté.

— Quand tout le monde aura mangé, ça fera des montagnes d'os, lance Philibert. Khân aura de la lecture pour un bon bout de temps !

Jeanne sourit :

— Elle est bonne, mais je ne pense pas qu'elle le fera même sourire. Pouvez-vous croire qu'il n'a pas ri une seule fois en quatre cents ans ? C'est long en titi !

— Ouais, une seule journée sans rire, c'est déjà long, approuve Philibert. Je pense qu'il ne nous reste qu'une chose à faire : la liste des meilleures blagues qu'on connaît. Et en inventer d'autres.

— Je pourrais concocter un antidote à la potion qu'on a déjà bue ?

Jeanne et Philibert lancent à Olivier un regard qui signifie : t'es pas drôle.

Mais Olivier continue :

— Si je réussissais à trouver quelque chose de typique, genre un timbre canadien de l'année 2010, du sirop d'érable, de la mousse de chemise à carreaux...

— Rien que ça ? s'emporte Philibert. T'es tombé sur

la tête, pendant que tu en as encore une. Et puis il faut du sucre en poudre, du... quoi encore?

— Je te vois venir: je ne dirai rien.

— Pourquoi t'entêtes-tu tant, Olivier? T'as vraiment la tête dure!

Jeanne soupire:

— Est-ce qu'on peut arrêter de parler de têtes? J'ai un malaise, là...

Quelques minutes plus tard, Philibert se fait conduire aux toilettes. Une fois à l'intérieur, il sent un courant d'air. Sur le mur, un carré de tapis épais. Philibert le soulève. Derrière, une ouverture qui sert de fenêtre. Juste assez grande pour qu'il puisse s'y faufiler. Que faire? S'échapper en abandonnant Jeanne et Olivier à leur sort? Ne pas s'échapper et aller vers une mort presque certaine? Trouverait-il dehors une manière de les sauver?

Lorsque la gardienne s'aperçoit que Philibert s'est envolé, elle renforce la garde autour de Jeanne et d'Olivier, non sans avoir promis de retrouver Philibert d'ici la fin de la nuit afin qu'il soit à leurs côtés au moment de se présenter devant le Khân.

— Maintenant, Jeanne, raconte-moi les meilleures blagues que tu connais, soupire Olivier.

Une autre nuit étoilée et sans lune. Philibert longe prudemment les yourtes en demeurant dans l'ombre. Ce n'est pas très difficile car, en 2450, dans le désert de Gobi, il n'y a pas de lampadaires. Des torches brûlent à l'entrée des yourtes, pour la plupart fermées : après l'extrême chaleur du jour, le froid est revenu. « On se croirait en février », marmonne Phil, qui n'a évidemment pas mis son manteau pour aller aux toilettes. Lui qui n'a même jamais volé un bonbon, il s'empare d'une peau de chameau suspendue près d'une des yourtes. Puis il passe les bras dans les trous laissés par les bosses qu'on y a coupées. Une fois au chaud, il essaie de se repérer.

« Où aller ? »

Des enfants qui jouent dehors l'aperçoivent. Philibert pose son index sur sa bouche pour leur demander le silence. Il se faufile entre les yourtes, mais bientôt il se rend compte qu'il tourne en rond. Lorsqu'il aperçoit l'ombre qui se penche sur lui, il est trop tard : une main l'a déjà agrippé.

—Tu t'en vas où, de même ? À qui t'as volé ce chameau-là, mon torrieu ?

L'accent, très familier, disons. L'homme qui vient de

le surprendre n'est nul autre que le grand Noir à veste à carreaux aperçu à leur arrivée.

—Salut! Peux-tu m'aider?

—T'es Québécois! Viens.

Il entraîne Philibert jusque dans une yourte non loin de là. Phil n'en croit pas ses yeux: au mur, il aperçoit un chandail des cent ans du Canadien, des tablettes remplies de conserves de sirop d'érable, des CD du groupe Mes Aïeux.

—Tire-toi une bûche! Je m'appelle Stéphane. Stef pour les amis.

—Comment êtes-vous arrivé jusqu'ici avec tous ces objets, monsieur Stef?

—Ce sont des trésors de ma famille qui ont été légués de génération en génération. Des antiquités. J'en vends de temps en temps pour gagner ma vie. Mes arrière-grands-parents ont immigré ici récemment, il y a à peine cent ans. Et toi?

Philibert hésite: doit-il révéler qu'il vient de l'an 2010? Il préfère être prudent.

—Même genre.

Soudain, une idée lui vient:

—Auriez-vous la gentillesse de me refiler un peu de sirop d'érable? De la mousse de votre veste à carreaux? Et vous n'auriez pas, par hasard, un timbre du Canada de 2010?

—Entre compatriotes, on s'entraide! Mais pour le timbre...

—Ouais, je sais, c'est absurde de demander un timbre vieux de plus de quatre cent quarante ans!

Stef se lève, ouvre une boîte de métal posée sur un drapeau fleurdelisé.

—T'es chanceux: j'en ai un!

—Pas croyable! Euh... Je n'ai pas d'argent...

—J'en veux pas!

—Hein? Je peux l'avoir comme ça, pour rien? C'est vraiment généreux...

—Qui t'a dit «pour rien»?

Oups! Philibert ressent une petite baisse dans son enthousiasme. Si près du but, Stef va-t-il lui demander l'impossible?

—Je t'ai vu ce matin avec Améri Khân. Personne ne peut l'approcher. Toi, tu dois donc être proche de lui, dit Stef.

—Euh... pas vraiment. Enfin, d'une certaine manière, oui...

—Bon. Le Khân est maniaque d'ivoire. On n'en trouve plus depuis trois cents ans, au moins. Mais ceci est apparu soudainement derrière ma yourte, ce matin, et je veux que tu m'emmènes au palais avec toi.

Il va chercher un très gros objet caché sous une montagne de tapis.

—Voilà qui me rendra très riche...

Stef lui montre une défense de mammouth.

Philibert sait bien d'où elle vient...

—Et si je disais non ?

Stef soulève la courtepointe qui lui sert de rideau : la rue grouille de soldats.

—Je reprends mes cadeaux. T'as envie de sortir ?

Ce Stef de 2450 ne pouvait pas savoir que la défense appartenait à un mammouth bien vivant perdu quelque part dans l'univers. En y réfléchissant bien, je me dis que le hasard était trop parfait : j'avais en main les ingrédients farfelus dont avait parlé Olivier. Je ne pouvais qu'espérer que la recette fonctionne, sans trop y croire pourtant. De toute manière, avais-je le choix ? Je n'irais pas loin avant d'être capturé.

L'ivoire sous le bras, nous sommes repartis vers le palais d'Améri Khân. Comme prévu, à peine avions-nous fait cent pas qu'une patrouille partie à ma recherche nous a cueillis, puis escortés jusqu'au palais. Je m'attendais à rejoindre simplement Jeanne et Olivier, à ce que mon frère concocte sa mixture en croisant les doigts pour que ça fonctionne, puis à retrouver mon époque, Velcro, mes parents, ma chambre et le frigo. Ç'aurait été trop facile. Les ordres étaient formels : on devait m'emmener devant le grand Khân. Mais comme il dormait encore, on nous a gardés dans son antichambre. À quelques pas de la grande pièce où attendaient Olivier et Jeanne.

Comment les rejoindre ?

Il commence à faire jour, et je suis toujours là.

— Levez-vous ! ordonne un garde dont les moustaches traînent presque à terre.

Améri Khân fait son entrée.

— Comme ça, on s'est sauvé, hein ?

— Oui… non… en fait, c'est que… Voici Stef, il a quelque chose qui va vous plaire.

Stef sort la défense de la couverture qui l'enveloppe et le grand Khân — qui, je vous le rappelle, est très petit — est ébloui.

— J'en ferai un jeu d'échecs, une pipe, au moins trois cents bagues, quelques cure-dents royaux et des colliers… pour ma future épouse.

Pauvre Roméo!

— Votre Altesse se marie? demande Stef.

L'Altesse en question opine et se tourne vers moi.

— Avec votre amie Jeanne. Elle est d'une très grande beauté.

— Jeanne!? Pas tant que ça. Elle est... au courant?

— Oui. Il n'y aura donc qu'une seule tête à couper: la tienne ou celle de ton frère... Va! Il est temps de le rejoindre, car j'ai changé l'horaire: vous êtes les premiers à vous présenter devant moi et les spectateurs, dès le début des fêtes. Dans moins d'une demi-heure.

Je cours, je vole et je rejoins Olivier:

— Où est Jeanne?

— C'est de la folie furieuse, Phil: Khân épouse Jeanne tout à l'heure!

— Je sais. Le bon côté, c'est que, si on réussit à retourner chez nous, elle n'aura pas envie de nous suivre à nouveau... J'ai trouvé ça.

Olivier est surpris de ma collecte et admire mon exploit. C'est excellent pour mon orgueil de jeune frère.

— Je n'en reviens pas.

— Olivier, j'ai aussi rapporté une défense de Roméo. Comment expliquer ça?

— Je ne vois qu'une réponse: la mutation, telle celle d'un virus, d'un des ingrédients qui aurait fermenté dans l'estomac du mammouth, déréglant ainsi le processus, qui devient alors inattendu et aléatoire.

À mon tour d'admirer mon frère pour cette explication qui paraît des plus sérieuses. Olivier reste là, immobile.

— Alors, Olivier?

— C'est que je n'ai pas les ingrédients de base, le sucre...

— Tu as du sirop d'érable! C'est du sucre, non?

— Oui, mais pas... le reste.

— Tu veux dire que la mousse, le timbre, c'était des idées en l'air? Que tu ne peux rien faire? C'est une blague!

— J'ai bien peur que non.

Je suis abattu. J'avais une mince confiance en son antidote, et tout de même un filet d'espoir; maintenant, il ne me reste qu'à penser aux meilleures blagues que je connais.

«C'est quoi la différence entre un chat et le bossu de Notre-Dame? Aucune, les deux font le dos rond.» Pas fort.

«Qu'est-ce que se disent un lapin et un kamikaze qui se rencontrent? Sautons!» Nul.

«Une phrase avec le mot "catastrophe"? Dans le cours de français, le prof dit à une élève: "Monica, ta strophe est pourrie."» À pleurer.

C'est à cet instant que les gardes viennent nous chercher pour nous emmener dans l'arène.

Jeanne est aux côtés de son futur mari, sur l'estrade d'honneur. La foule est prête pour la fête. Et une de nos têtes...

Khân donne le signal du début du Naadam. Des hommes forts, des chevaux montés de cavaliers nains, des gens costumés, des archers qui tendent leurs arcs en attendant qu'on fasse rire leur chef suprême. Jeanne est proche, mais inatteignable.

—Qu'est-ce vous me donnez pour que je vous sorte de là ?

Roméo !

—Je te donne tes défenses ! Ben, au moins une !

—Je veux les deux !

—Roméo, ne commence pas, on n'a pas le temps de niaiser, là.

—Je ne repars pas d'ici sans mes deux défenses ! J'aurai l'air de quoi devant Lili, avec juste une ?

L'espèce ! Pendant quelques secondes, j'ai vraiment pensé que la magie nous sauverait. On dirait que non.

Frappée de stupeur devant l'apparition de cet animal disparu depuis des siècles, la foule se met finalement à applaudir avec enthousiasme, pensant à une surprise offerte par leur grand Khân. D'abord aussi surpris que son peuple, Améri Khân retrouve son flegme de dirigeant suprême et se lève :

—Chers citoyens, je suis content que cela vous plaise ! *(À un général apeuré, à voix basse)* Capturez l'animal. *(À nous)* C'est à vous.

Silence dans le public. Je commence :

—Une fois, c'était un gars...

Je murmure à Olivier : «On la fait à deux, comme ça, on aura la vie sauve tous les deux, ou la tête coupée tous les deux.» Il enchaîne :

—Il entre dans un garage et demande...

—C'est ici les cours d'autoguérison ?

Rien. Pas un fantôme de sourire. Normal : c'est poche. Olivier reprend :

—Que dit une blonde devant une pelure de banane ?

—Ah non ! Je vais encore tomber.

Cette fois, la réaction ne se fait pas attendre. Celle de Jeanne — qui, en passant, est blonde :

—Ah non ! Je vais vous en faire, moi, une histoire de blonde !

Ma demi-nièce est hors d'elle. Elle va même jusqu'à crier que nous méritons tous les deux de nous faire couper la tête ! C'est à ce moment que Khân éclate de rire. Je crois qu'il vient de la comprendre. N'empêche, ça traverse le temps, ce genre de blague.

Il nous fait signe d'approcher. Quand nous arrivons près de lui, les yeux de Jeanne brillent de joie. Mais des larmes en coulent aussi.

— Je vais tenir ma promesse et vous révéler le secret de la vie éternelle. Cela vous profitera, car ma future épouse m'a demandé grâce pour vous. Je ne peux maintenant rien refuser à l'être unique qui m'a fait rire et qui sera le joyau de ma vie. Si vous voulez vivre quatre cents ans, comme moi, et même plus, et même toujours, c'est très simple...

C'est alors que nous disparaissons tous les trois, laissant derrière nous un mammouth vite entouré d'une armée de mille hommes.

127

CHAPITRE 6
Un mammouth sans défenses

Pendant que les molécules de Jeanne, d'Olivier et de Philibert voyagent dans l'espace et le temps pour retourner à leur époque et dans la chambre des garçons, leurs trois esprits en harmonie pensent tous la même chose : « Juste au moment où le secret de la vie éternelle allait nous être révélé ! C'est nul. »

Olivier atterrit sur son lit, Jeanne, par terre et Philibert, dans le placard.

Phil est évidemment très préoccupé par le sort qui attend Roméo :

—Ils vont le mettre en cage! Au zoo!

—Il retournera éventuellement chez lui, c'est certain, dit Olivier, pas si convaincu après tous les ratés de leurs voyages.

C'est alors que le lit craque, puis tout bonnement s'effondre: Roméo apparaît dans toute sa splendeur de mammouth, sans ses défenses, pas content du tout.

—C'est fini, là, vos histoires de potions et de voyages? Je veux retourner dans ma chère ère glaciaire. Tout de suite! J'ai déjà perdu mes magnifiques défenses; ce sera quoi, la prochaine fois? Mes oreilles? Ma trompe?

—C'est Olivier, le détenteur du secret, dit Philibert.

—D'accord, d'accord, répond Olivier qui se met au travail.

Il va à la cuisine chercher un popsicle au raisin, le fait fondre dans un bol. Puis, il ajoute...

Pendant ce temps, Philibert sort de sa commode un jeu de cartes tout neuf:

—Regarde, il y a un joueur de hockey différent sur chaque carte.

—Hockey? Qu'est-ce que c'est?

—Un jeu génial! Tu essaies de mettre une rondelle dans le but de ton adversaire en la poussant avec un bâton et en glissant en patins sur la glace.

—Il faudra que j'essaie ça, rendu chez moi: la glace ne manque pas. Mais pour les accessoires...

Philibert sort de sous son lit son bâton de hockey et quelques rondelles. Il file en courant vers la remise pour chercher le bâton de son père. Justement, Phil le croise en train de lire le quatrième journal auquel il est abonné.

—Un spaghetti à la sauce tomate pour souper, ça vous va?

Philibert reprend sa course vers sa chambre en criant «Parfait!» à son père, qui réussit le meilleur spaghetti sauce tomate de la terre entière.

—Tiens, Roméo, il faut être au moins deux pour jouer. Tu pourras montrer à ta Lili.

—Lili... Maintenant que je n'ai plus de défenses, elle ne voudra plus de moi.

—Au contraire, rétorque Jeanne, ça te rend unique, spécial.

Olivier revient et tend sa mixture à Roméo.

—Prêt? J'ai fait ration double, en espérant que tu voyageras en un seul morceau cette fois-ci. Je jure que j'ai mis les mêmes ingrédients que lors de notre premier voyage à nous. Mais euh... je crois qu'il y a quelque chose de déréglé dans ton système. Tu as des allergies? Des intolérances?

—Non. Ça veut dire quoi, déréglé?

—C'est imprécis, je veux dire, tu sembles ne pas réagir normalement à la potion.

—Mais encore?

—Je ne sais pas si tu resteras chez toi...

L'air affolé du mammouth disparaît en même temps que lui. Tout à coup, on entend la chute d'un objet lourd dans le corridor. Philibert s'élance et revient en courant:

—Roméo, une défense!

Une trompe immatérielle l'attrape.

Philibert lui crie:

—Hé, Roméo! Qu'est-ce que tu me donnes pour que je te rapporte l'autre?

—Hi! hi! hi! ricane le mammouth déjà fantôme. Le secret de la vie éternelle!

Jeanne lance à Philibert:

—Moi, je ne retourne pas là! Je tiens à ma tête et à ma liberté! Allez-y sans moi.

Philibert rétorque:

—Il le faudra bien, si on veut récupérer la défense qu'on a cachée dans le désert!

Comme sa nièce, Olivier n'est pas trop chaud à l'idée:

—Ouais... pas avant souper en tout cas, J'ai faim! N'empêche, Phil, c'est encore toi qui a pu sortir pendant que, nous, on attendait.

— Pendant que TU attendais, précise Jeanne. Moi, on me pomponnait pour mon mariage.

— Dis donc, Jeanne... Aimais-tu mieux l'idée de te marier, ou celle de te faire couper la tête ? demande Olivier à sa nièce, sourire moqueur en coin.

— Avoir la tête coupée aurait été mon premier choix, je pense, répond-elle, encore toute retournée.

Velcro se montre alors le bout du museau.

— Salut, toi ! lui dit Philibert en le caressant.

Pendant que nos trois héros se dirigent vers la cuisine, Velcro, grâce à son flair pour les popsicles au raisin, trouve et termine la potion qui a renvoyé Roméo chez lui — enfin, c'est ce que tout le monde espère. Au moment où il disparaît, la deuxième défense de Roméo apparaît, mais pas dans la chambre.

Qui penserait à aller voir derrière la fournaise ?

À suivre...

Table des matières

Les voyages dans le temps n'ont pas peur des mélanges bizarres. Philibert et son frère Olivier sont bien placés pour le savoir ! En route pour New York, devenue ville-santé du futur. Marche arrière : vol en ballon au-dessus du château de Versailles... au 18e siècle. Et pour l'exotisme, direction l'île de Pâques, en plein océan Pacifique. Ah oui, risquer sa vie fait aussi partie du programme. Tout comme sauver ses amis !